U0084128

GAEA

Gaea

After Sun Goes Down

日落後

長篇04

星子——著

BARZ——插畫

日落後

—長篇—

04

目錄

01斷手

「啊，手……大頭目的手……」孫大海望著伊恩左手，只見他左手上幾處符紋刀痕依舊黯淡沉寂。

伊恩擔心的事發生了——

鬼噬發作更快一步。

「還看什麼，跑呀！」孫大海一把勾著嚇傻了的張意往外跑，急急大嚷：「大頭目手還沒好，先避一避！」他拖著張意來到門邊，轉身見長門竟仍佇在屋內與伊恩對峙，急得大喊：「長門呀，快來，妳父親現在……喂，那隻鳥，叫你小姐逃啊——」

神官飛快振翅撥弦，將孫大海的話翻譯成弦音。但長門一動也不動，甚至毫無回應。她弓低身子，輕彈銀弦，數道銀光在她周身流轉，凝聚成數個小銀團。

噗哧、噗哧……伊恩肩頭那最大的腫包崩裂，灑開一片黑色汁液，一顆腦袋自那腫包裂口探出。

只見那腦袋古怪畸形，有四顆突出眼睛、一大一小兩張嘴巴，雙頰上還有幾張較小的人臉。

啪吱吱——纏在伊恩大腿處的繩子持續崩裂，纏著他身子的長符則出現焦痕，緩緩燃燒起來。

「快走呀！」孫大海奔至長門身邊，想強拉她走，長門卻一把甩脫孫大海的手，急撥幾下弦，身邊數團銀球倏地竄出，化爲銀鎖捲上伊恩雙腳，且勒住伊恩肩處那怪頭脖子。

「唔……唔唔！」怪頭兩張嘴微微張開，說起人話：「是我呀……妳不認得我了嗎？」

「白鳥，別翻譯給長門，那東西不是大頭目！」孫大海陡然大喝，自口袋裡掏出最後幾枚寫著符文的葉片，繞去伊恩後方。

「師弟，幫忙！」摩魔火見孫大海準備行動，也拉動蛛絲，操縱起張意身子跟上孫大海。

「唔……」神官張著白翅，雖然有些遲疑，但他身爲長門的隨身翻譯，那人頭就在他面前開口說話，他得讓長門知道眼前一切狀況，再由長門決定如何行動。

他聽著那怪頭遲緩言語，踩著銀弦小珠用喙撥弦。

「是我、是我呀……」怪頭張著口，沙啞喊著：「是我呀……妳不認得我了嗎？」

長門皺著眉頭，微微動搖，她又撥出幾股銀流，捲上伊恩身軀，不讓鬼噬掙斷繩索，但卻稍稍鬆開捲著那怪頭頸子的銀流。

「吁、吁吁……吁吁吁……」怪頭嘿嘿笑著，呼出一大口氣，四顆眼睛骨碌碌轉動著，兩張嘴巴不停張合，喃喃地說：「還記得……以前……嗎？妳……記得嗎？」

「別聽他說話——」孫大海繞到伊恩背後，抓著幾片竹葉符往伊恩肩上那怪頭腦門上按去。

怪頭像是早已察覺孫大海的意圖般，在孫大海幾片竹葉符按下之前，陡然一昂，又猛地自伊恩肩頭竄出一大截，還探出一隻古怪手臂，扭身一把抓住孫大海手腕。

這怪手胳臂上還有數隻小手，每隻小手的手指數量不同，有的三、四根，有的六、七根。

「哇！」孫大海感到手腕發出劇痛，似乎骨頭都給捏斷了，他立刻用左手接過竹葉符，往怪頭腦袋上一按。

三枚竹葉發出青光，照得怪頭淒厲大吼，四顆眼睛更加突出，還淚流不止；怪頭握著孫大海的獨手猛一抽，將孫大海拉近至嘴邊，張嘴就往孫大海頸子咬去。

一股銀流竄至怪頭嘴邊，堵住了他的口；第二股銀流化爲利刃，一刀斬斷怪頭手腕；

第三股銀流纏上孫大海腰際，將他往旁拉開。

怪頭又往前一掙，竄出更多身子，此時怪頭已不只是怪頭，腰際以上都露在伊恩肩頭腫包之外，成了個半身怪人。

這半身怪人身軀上是滿滿的鬼臉，有大有小、有男有女、有老有少。

伊恩身子劇烈抽搐，胸膛、腰腹、雙腿甚至是臉面，都隆起大大小小的腫包，上面紛紛突出人臉甚至手腳的形狀，像是有無數大鬼小鬼像要向外衝出。

啪的一聲，伊恩大腿一處腫包破開，探出一顆拳頭大的小人頭；那小人頭雙目淌血，還伸出兩隻人指粗的小手，抓著繩索便大口啃起。

跟著，他胸口、腹間的腫包也紛紛破開，探出一隻隻小手、一顆顆小頭，去抓扯、噬咬捆縛著伊恩身上的繩索。

噹、噹噹、噹噹噹！

弦音四起，更多銀流縛上伊恩身子，長門緩緩挪移腳步，在伊恩身邊繞走，盯著他左臂上符籙刻紋的變化，像是想盡量拖延時間，等手完成。

同時，摩魔火也吐出幾股蛛絲，捲上伊恩身子。孫大海則強忍著骨裂劇痛，自地上撐起身，隨地抓起一圈繩子想往伊恩身上套；但只聽得一陣鬼嗥嘶吼聲自伊恩全身吼出，更多大小人頭自伊恩身子裡竄出，一條條胳臂穿出銀流胡亂抓扒。伊恩周身的長符破裂，繩索、蛛絲紛紛繃斷，銀流也逐漸化散。

磅的一聲，鐵椅裂成數段，伊恩直直站起，嚇得孫大海、操縱著張意的摩魔火都退開老遠。

七魂落在地上，全無動靜，鞘身上那銀色繩結延伸出的細長銀繩，猶自捲著伊恩左腕。

此時伊恩模樣極度詭怪，全身上下都是透體穿出的怪異大小人體，或是一張張古怪人臉，那些臉有些在笑、有些在哭、有些驚懼、有些忿怒。

伊恩先是緩緩朝著長門走了兩步。

跟著拔步狂奔，揚開右手一把抓向長門。

長門閃身避開，撥弦彈出數股銀流，再次捲上伊恩身軀，將他整個人捲起往牆上一撞。

下一刻，伊恩身子一顫，身上大臉小臉齊聲嘶吼，瞬間震散綑著他的銀流。

「神官，叫長門小姐撤退——」摩魔火操縱著張意，與孫大海一同往門邊退，同時大喊：「長門小姐，別忘了伊恩老大的吩咐，不要無謂犧牲！」

「……」長門聽了神官翻譯，終於緩緩後退。

前方，伊恩的腿上、腳底板都生出人臉，以致行走時模樣古怪，他腳底板生出的人臉在伊恩前進踩踏時，口鼻貼地、鼻裂齒碎，發出痛苦的哭號；腿上膝上的人臉則瞅著腳底板那人臉大笑不止。

「吼……吼吼……」伊恩拖著七魂，走出幾步，跟著像是習慣了雙腿異樣，速度開始加快，朝長門追去，揮臂攻擊。

長門俐落閃避，掩護張意和孫大海奔進廊道，一路奔進附近那雜貨賣場。

賣場裡貨架交錯凌亂陳列，那是先前他們在伊恩指示下刻意擺出的陣勢。伊恩在這雜貨賣場幾處地方設下簡易的符術陷阱，目的是一旦鬼噬發動時，眾人便退入這兒，發動陷阱，困住鬼噬。

張意和孫大海退入貨架陣深處，分頭趕至事前分配好的守禦位置。

張意捏起一條自貨架垂下的紅色塑膠繩，那塑膠繩一路延伸至前方幾處貨架中，貨架上擺著各式貨物，以及十數只塞著符籙的空酒瓶。

紅色塑膠繩經伊恩施法，依附著微弱魄質，捲著每一只空瓶的瓶頸。

張意拉著這繩子，便能同時控制貨架上那些空瓶上的結界封印。

孫大海不時抹去因骨斷劇痛而沁出的冷汗，伸手按著地上一道符。符下壓著紅色塑膠繩，塑膠繩四處延伸，不時會經過符紙，每張符紙下都壓著幾片葉子。

轟隆一聲巨響，張意和孫大海不約而同嚇了一跳，只見賣場入口銀光晃動，長門已將被鬼噬占據的伊恩軀體引入賣場。

此時伊恩身體誇張變形，雙足、右手和軀幹竄出各式各樣的人頭和手腳，僅有那直直垂著的左臂沒有異狀。

七魂刀鞘上延伸出的銀絲還繫著伊恩手腕，七魂被遠遠拖在身後，毫無動靜。

長門揹著琴箱，提著三味線，時而近逼伊恩，時而快速退遠，逐漸將伊恩引入貨架陣勢中央。

「師、師兄……」張意見那怪異變形的伊恩已經逐漸逼近距他十餘公尺外的貨架中心，揪著紅繩的手不停冒汗，忍不住問：「什麼時候輪到我？師兄、師兄？」

他低聲問了半晌，卻得不到回應，左顧右盼，抬頭只見摩魔火不知何時離開了他的腦袋，循著貨架爬上高處，攀在一張巨大蛛絲網上，那是這兩天夜間摩魔火抽空來這兒造出的蛛網。

張意見了那蛛網，這才猛然想起事前討論好的作戰計畫細節，他得配合摩魔火的蛛網來操縱酒瓶——啪！玻璃爆裂聲突然響起。

一只離張意最遠端、在長門和伊恩斜後方的空瓶陡然炸開。

數張符籙隨著玻璃瓶裡的氣旋亂竄一陣之後無力落下。

張意太緊張了，手中紅繩一不小心拉得用力些，一只瓶子上的封印便這麼解開了。

伊恩身上那上百張鬼臉，因此同時注意到了前方貨架陣裡的古怪。

鬼臉有的狂笑、有的大哭、有的怒罵、有的碎念，伊恩雙足處竄出的人體和臉孔，有些開始抗拒繼續往前，十來張嘴巴胡亂喃唸：「不要去……」「那邊不好……」

「啊！」張意見前頭瓶子不受控制，心慌意亂，又弄破了幾只瓶子，符籙隨風亂捲，鬼噬眾鬼卻離陣勢尚有一段距離。

「師弟！你穩著點——」摩魔火在蛛網上見張意窘迫，想要下去壓陣，卻又不甘離開這布置了兩夜的巨大蛛網。

那頭，長門見鬼噬騷動起來、不再緊跟著她，索性自個兒躍入貨架陣勢中央，輕彈琴弦，神官立時開口向張意等人轉達長門的意思：「長門小姐要你們別慌張，如果惡鬼不敢逼近，那就慢慢等下去。」

「是呀！」孫大海立時附和：「張意，別慌，我們本來就是要拖延時間，慢慢來，不急。」

「……」張意身子顫抖，用左手按著握繩右手，專心感受紅繩上的細微魄質流動，總算控制住剩餘的瓶子。

「別過去……」「餓……好餓……」「好痛……」「吃！吃吃吃！」各種古怪的呢喃聲自伊恩身上的鬼臉發出，伊恩的身子激烈顫抖起來，他身上各種鬼臉像是意見分歧般彼此叫囂起來，十數秒後，伊恩全身上下像是進行了一場小小的表決般不再騷亂，開始繼續前進。

儘管有少數鬼臉對前方那古怪陣勢和上頭的大蜘蛛網有些畏懼，但多數惡鬼想要獵食長門等人的慾望顯然更加濃厚。伊恩右肩上那半身怪人像是取得了主導權，他揮動胳臂，指著長門吼叫：「殺、殺——」

伊恩踏入了貨架陣裡。

張意緊張地望向孫大海，孫大海搖搖頭，指指長門，示意靜觀其變；長門撥弦迎戰，銀光乍現，甩去數條銀流捲上伊恩四肢，試圖阻止他繼續前進，但那些銀流一捲上伊恩身子，便被無數鬼臉張口咬碎。

連日來伊恩為了續命煉手，先後以四指成員那窮凶極惡的指魔，以及華西夜市大罈精純魄質餵食鬼噬裡那千百惡鬼，儘管減緩了鬼噬吃他身體的速度，卻也將這些鬼噬惡鬼養得強悍無匹。

噗哧、噗哧的聲響持續從伊恩身上發出，那些大鬼臉小鬼臉不停往外竄，猶如破卵而出的怪蟲，但他們鑽竄到某種程度，便像是受到抗拒般被拉扯回去——每一隻惡鬼的身子都與其他惡鬼相連在一起，沒有惡鬼能夠單獨行動。

伊恩那雙變形怪腿每一步都極其沉重，轟隆隆地踏在地板上，不知怎地，他的右腿突然一軟，轟隆跪下。他踩在了一張符上——

那是張意先前失手破瓶飛出的「脫力符」。

脫力符的作用是讓對方全身猶如受到麻醉般虛脫無力，效果則視符籙本身的魄質強度，以及對手強弱而定。

「就是現在！」孫大海見伊恩單膝跪倒，連忙大喊一聲，跟著伸手在地板上那符紙點按比劃幾下。

那符紙上的符字閃耀起來，連帶底下壓著的葉片也發出青光。青光循著地板上的紅色塑膠繩飛快向前竄，像是骨牌推進、又似引線火花，迅速竄至伊恩周身數處符籙葉片。

那些符籙一一破裂，底下的葉片倏地往上竄長，長出枯黃木枝，捲上伊恩那雙生滿鬼臉的雙腿。

幾乎在同時，長門也重撥琴弦，數股銀流轉守爲攻，不再捲捆伊恩，而是化爲銳刺，穿透伊恩雙肩、腰肋之後，再與下方那些枯枝交纏繞捲，全力壓制伊恩。

「呃、呃呃——」伊恩身上那無數鬼臉悽厲吼叫起來，像是開始施力試圖掙脫長門和孫大海的雙重夾擊。

「快呀，還猶豫什麼！」孫大海對著張意大喊。

「唔！」張意驚慌地扯動紅繩，也不知他是因擔心瓶子破裂而過度強化瓶身封印，抑或是極度恐慌下失了手感，剩餘幾只瓶子竟一動也不動。

伊恩踩著的那枚脫力符逐漸失效，他開始站起。

「師弟，信不信我烤熟你——」高處，摩魔火一聲怪吼，一片蛛絲大網覆下，不僅蓋住伊恩全身，且與長門的銀流、孫大海的枯枝再一次彼此交錯捆捲。

磅、磅磅磅！

數只玻璃瓶接連炸開，裡頭的氣流捲出符紙，那些符紙像是巡弋飛彈般往伊恩身體沾去。

本來差點掙開束縛的伊恩立時再次虛脫無力，那些符除了脫力符外，也有能讓軀體變得沉重的「千斤符」。

「你喜歡在緊要關頭逗大家緊張是吧！」摩魔火大網蓋下，立時撲在張意臉上，用他那紅火毛足燒張意的眉毛。

「哇！師兄，我不是故意的，我……」張意哀號求饒，突然指著伊恩嚷嚷起來：「你看，老大……老大的手亮了！」

摩魔火順著張意視線望去，果然見到伊恩被覆在蛛絲裡的左臂隱隱發出白光。摩魔火還沒反應，長門已經撥弦轉音，一道銀流化爲銳刃在蛛網上割開一道口、另一道銀流捲著伊恩左腕伸出蛛網，只見那左前臂上幾處刀痕刻紋一齊發出耀眼白光——

伊恩魂魄成功轉移至左手。

長門又彈幾下弦，銀流提起伊恩左腕，同時另一股銀流化爲利刃，高高舉起往那前臂上端斬去。

「嘶！」伊恩身體突然掙動起來，猛一扭身甩臂，使左臂避開了那記銀刃劈斬——伊恩魂魄雖已成功轉移至左手上，但他左前臂末端以上仍被鬼噬控制。

「吼！」鬼噬的力量像是一下子增強了十倍，操使著伊恩肉身猛然站起，一張張鬼臉同時怒顏吼叫，有些張口吞食蛛絲、有的口中伸出怪手扯爛身上那些千斤符和脫力符，劈里啪啦一陣碎響，這貨架陣勢形同瓦解。

長門後退兩步，再次撥弦，又化出一道銀刃要去斬手，但只見伊恩身體一扭，右肩上那半身人雙手扒開自個兒胸膛，裡頭又是一張恐怖大臉，那大臉張口一吼，吼出強橫怒聲，將長門打去的那道銀流利刃轟隆震散。

長門也讓這吼波震退數步，神官甚至給震離了長門肩頭，在空中飛滾老遠。

「怎麼回事？那東西爲什麼一下子變得那麼厲害？老大的手不是煉成了嗎？」張意在後頭只覺得耳鳴不止，一邊摳著耳朵一邊害怕地轉身想逃，但還沒跨出半步便讓摩魔火拉動蛛絲操縱轉身。

「就是因爲老大煉成手了，所以……」摩魔火喃喃地答。

「我懂了！」孫大海歷時醒悟，說：「剛剛是大頭目的魂魄在鎭著鬼噬……」

「對。」摩魔火控制著張意四肢和軀體，望著前方追擊長門的伊恩肉身說：「老大儘管意識不清，還是有餘力壓制鬼噬的力量，現在老大魂魄完全轉進手裡，鬼噬的力量就完全爆發了！神官，叫長門別死戰，我們且戰且走——」

伊恩開始往前逼近，他肩上那半身人雙手扯著胸腹破口，像個暴露狂似地向長門展現他腹腔中的恐怖鬼臉；那鬼臉不停嘶吼，巨大的吼聲不但將飛在空中的神官震得天旋地轉，也讓神官無法撥弦和長門溝通。

長門耳朵聽不見聲音，儘管身子也能感受到吼波的衝擊，但她不停撥出銀流擋下一陣陣鬼臉吼波。

此時長門像逆流向上的小魚，在一陣陣巨浪裡穩著身子、重整旗鼓，撥弦凝聚出一把把利刃，試著取回伊恩辛苦煉成的手。

「餓、好餓……」「餓……」伊恩的腦袋也讓古怪鬼臉佔滿，那些鬼臉鼻子一張一闔，像是餓犬嗅著了鮮肉，卻遍尋不著般急躁亂吼。

跟著，伊恩身上越來越多隻眼睛，都往那發著白光的左前臂瞧去。

餓犬們發現鮮肉了。

華西夜市大鐔魄質雖然質精純厚，卻不如一根根指魔嗆辣鮮甜，嚐過四指成員斷指的鬼噬餓鬼，顯然懷念那滋味。

但若要說四指成員那些斷指是可口零食，那麼此時大功告成的伊恩左手，則有如一桌滿漢全席。

鬼噬舉起伊恩左臂往臉前湊，臉上、胸上十數張嘴一齊張開，都想要咬伊恩左手。一時間伊恩左臂忽上忽下地擺，那是伊恩身上那些惡鬼們在較勁爭搶著。儘管這些惡鬼身軀相連，誰吃都一樣，但每張鬼臉都想咬下第一口。

長門彈來幾道銀光，炸在伊恩頭臉和胸膛上，打得那些鬼臉紛紛閉嘴；但衝上前去的長門，立時又讓伊恩肩頭那半身人胸腹裡的大鬼臉吼退好遠。

「師兄，你想幹嘛？」張意被摩魔火操縱著繞過幾處貨架，繞到伊恩後方，他還不清楚摩魔火意圖，又往前奔出一陣，來到距離伊恩身後數公尺處，揭開地上一片蛛網，底下是被一路拖行至此的七魂。

「大嫂！」摩魔火操縱張意雙手撿起七魂，試圖拔刀，但那七魂此時刀刃和刀鞘像是鎖死了般，一動也不動。

七魂不受伊恩以外的人控制。

「大嫂，是我呀，摩魔火！老大需要妳的幫助。無蹤、霸軍、明燈老師，伊恩老大需要你們……」摩魔火怪叫著，全力拉扯蛛絲，揪著張意雙手試圖拔出七魂。

「哇啊——」張意陡然感到雙手劇痛，只見握著刀鞘的左手背上穿出十餘枚銀針，那是雪姑的蛛絲；握著刀柄的右手，則被一隻手形黑影重重捏住，指節被握得發出喀啦啦的聲響，是無蹤。

「喝！」摩魔火見七魂竟攻擊張意，可駭然大驚，還來不及應變，突然又感到張意身子被股怪力扯得騰起。

原來前頭的鬼噬察覺後方騷動，猛一扭身，甩動左臂將後頭的七魂連同張意，一起拉近身邊。

「餓、餓餓餓！」鬼噬惡鬼們彷彿嗅出張意身上和身後那大罈子裡的魄質香味，紛紛張開口朝張意嘶吼，像是要將他生吞活剝一般。

「哇！」張意雙手受制於七魂，想逃也逃不了，只見一隻隻自伊恩身上穿出的鬼手朝他扒來，都讓長門彈來的銀光格開。

長門分心替張意格開攻擊，同時留意伊恩軀體上幾張大嘴，卻漏了伊恩左臂上端有顆陡然竄出的怪頭，張開生滿利齒的小口，一口咬下伊恩左前臂一塊肉。

下一秒，更多小怪頭連著小身子自伊恩左臂上端竄出，食人魚般地蠶食起伊恩左臂。

「！」長門驚覺伊恩手臂遭襲，焦急撥彈銀流，化出數道銀刃試著斬下那些小怪頭，但鬼噬不停揮臂，長門難以精準控制銀刃只除去小怪頭而不傷及伊恩胳臂。

她索性將銀流化爲利矛，一鼓作氣穿透伊恩軀體各處，想逼鬼噬防守。鬼噬眾鬼雖共用一副身軀，每個小怪頭卻都各自爲政，絲毫沒有互相幫忙的意思。儘管好幾處鬼臉都讓長門銀矛刺穿，但伊恩胳臂上那些怪頭仍然瘋狂啃食著伊恩左前臂。

「老大——」摩魔火見到僅數秒間，伊恩那本已幾乎練成的左前臂，竟被十數個小怪頭啃去大半臂肉，露出兩支滿布齒痕的前臂骨，不禁憤然大吼起來。

他八足一蹦，自張意腦袋躍下，落在伊恩左臂上，朝著那些小怪頭噴絲吐火，試著阻止他們往手掌部位推進。

「雪姑！妳這臭婆娘幹什麼吃的？只會對我兇，怎不對這些鬼臉兇！老大就要被吃光啦！七魂——睜開你們眼睛，看看老大的樣子！」摩魔火頭胸上那堆複眼閃動紅光、身軀八足上火毛飄揚。他撲在伊恩左腕上，扯著那條繫著伊恩左腕的銀絲，大吼：「臭婆娘，給我滾出來，讓我賞妳兩巴掌——」

摩魔火吼聲未停，伊恩左腕上銀絲陡然暴長竄起，牢牢捲住摩魔火兩隻毛足，將他高高提上半空。

後頭張意同時怪叫，纏著他雙手的七魂激烈顫動起來，銀色繩結處竄出一團團銀色蛛絲，凝聚成一隻巨大蜘蛛。

「呀！」摩魔火轉瞬被提至那銀色巨蛛面前，見到銀絲巨蛛那牛角大的巨牙緩緩張開，嚇得渾身哆嗦起來，剛剛的氣勢一下子風消雲散。

巨蛛提著摩魔火往嘴裡送，一雙毒牙同時夾合，眼看就要將摩魔火一口咬碎時，毒牙卻陡然停下，然後又張開。

巨蛛挪移身子，盯著前頭與長門遊鬥的伊恩身軀，巨蛛胸腹上那大如西瓜、香瓜的盈亮複眼，閃耀著奇異光芒。

纏紮在伊恩左手背上那圈摩魔火蛛絲底下，微微透出青光。

蛛絲被那青光一映，猶如溶雪般化開。

伊恩左手背中央微微隆起，隆起處的皮膚表面看上去猶如核桃殼般凹凸不平，正中有道豎縫，豎縫微微張開，透出湛藍色的光芒。

像是眼皮緩緩睜開一般。

裡頭，就是伊恩先前埋入的左眼。

幾道瑩光順著蛛絲傳至七魂刀鞘上的繩結，七魂猛地震動起來，雪姑收回絲刺、無蹤鬆開影手。張意終於哇地一聲撲倒在地上，一面顫抖地後退，一面看著自己雙手。只見他左手上有數枚血洞，右手則嚴重瘀青——若沒有大鐔魄質加持，他的右手掌骨或許已讓無蹤影手給握碎了。

「嘎、嘎嘎嘎！」伊恩左臂上搶著啃肉的大小鬼臉，被手背那微微睜開的青眼盯著，全害怕地尖叫哭號起來，像是貪玩的學生被老師逮著一般。

「吼！」伊恩右肩上那半身怪人卻像是無懼青眼，一面發出尖銳吼聲，一面探身伸手要去抓伊恩左臂。

七魂在空中飛快旋轉，繫著七魂和手腕的蛛絲急速收合，伊恩左掌大張，一把抓住接著竄來的七魂。

明燈右手捻著一張符，自七魂刀柄上端現身，正好貼在撲來的半身怪人額上；跟著，明燈揚起左手灑出一把符，數十張金光閃耀的符咒在空中飛旋亂捲，一張張貼在伊恩身軀上大小鬼臉額上或是塞進他們嘴裡，炸出一陣陣金光。

影人無蹤自伊恩左後方現身，朝著伊恩膝窩一踹，將被鬼噬附體的伊恩肉身踹得跪倒在地。

霸軍同時在伊恩右後方現身，橫持巨槍，勒住伊恩頸子。

「呀——」伊恩左肩陡然激烈隆動起來，噗地也竄出一顆小怪頭，張口要往霸軍脖子咬去，還沒咬著，腦袋轟地被炸掉大半——是克拉克持著狙擊槍近距離朝小怪頭開槍。

兩隻灰色大掌自七魂刀鞘伸出，牢牢握住伊恩左胳臂，將伊恩上臂裡那些不停想往外竄的鬼噬惡鬼全壓制在胳臂裡。

前方銀光閃耀，長門連續撥彈十數下弦，在三味線音箱前凝出一顆車輪大小的銀球，她往前一步，又是兩記重音，銀球向前疾竄，化出兩柄彎刃。

兩柄銀色彎刃似剪似螯，對準了被老何大手提起的伊恩左臂，猛力一剪——

喀嚓一聲脆響，伊恩那被咬去大部分臂肉的左前臂終於脫離了那被鬼噬占據的軀體。

「師弟，快來接著老大呀！」摩魔火緊緊攀在伊恩手背上，隨著左臂飛騰起來，他挺腹朝著一旁貨櫃噴出蛛絲，猛一甩盪，將伊恩左手連同握著的七魂甩向張意。

「哇！」張意見著那七魂朝他落來，竟嚇得向後坐倒在地。

磅啷一聲，伊恩左手連同七魂都落在地上。

伊恩左手背上微微睜開的細目像是氣力用盡般闔上，青光寂盡，明燈、霸軍、克拉克、無蹤、巨蛛、灰掌同時消失。

「你這混蛋——」摩魔火見張意不但不來接手，反而後退躲避，讓伊恩左手和七魂摔在地上，可氣得怒火爆發，往前飛縱一撲，撲在張意臉上，張開大牙要咬他鼻子。

摩魔火還沒咬下，突地感到背後戾氣爆發，回頭一看，只見伊恩軀體失控變形，各式各樣的鬼噬惡鬼破體衝出。

一隻隻惡鬼軀體相連，位在上方的惡鬼張牙舞爪；壓在底下的惡鬼雙手撐爬，猶如蜈蚣百足般往長門衝去。

摩魔火無暇懲罰張意，趕緊躍回張意頭上，拉扯蛛絲控制他手腳，彎腰撿起伊恩左手；伊恩的左手緊握七魂刀鞘，張意抓著伊恩那被啃去大部分臂肉的兩支前臂骨，便不會激怒七魂。

「取到大頭目的手了，可以撤啦！」孫大海嚷嚷叫著，在長門掩護下繞過貨架，往賣場出口跑。

後頭長門撥彈琴弦，被迎面衝來的鬼噬不斷逼退，此時的鬼噬看上去猶如一座人體堆疊而成的小丘，伊恩的軀體被埋在中央，那小丘一面朝長門推進，一面不斷繼續增生。

長門連彈數弦，撥出幾道銀流，朝著鬼噬下方那些負責爬行的手腳甩去，將那些手腳捲在一塊兒，絆得鬼噬向前撲倒，下方前端十數張鬼臉砸撞在地板上，霎時哭號震天。

三人趁著鬼噬騷亂掙扎之際會合，奔出賣場；循著樓梯，往高處奔逃。

02九彎十八拐

「長！」青蘋揪著黃金葛藤蔓，車廂裡密密麻麻的黃金葛藤葉像是無數條蛇般扭動起來、飛快暴長，竄出敞開的後車門，包裹捲縛上整個車廂。

捲在車體外的黃金葛莖部快速褐黃木質化，葉子大得如同臉盆，不僅將被扯開的後車門推回關上，還在左右兩側車窗和駕駛擋風玻璃前結出一片圍欄，彷彿替廂型車穿上一件藤甲。

「青蘋，還有車頭！車頭也要保護！」駕車的盧奕翰見到後方一輛小卡車極速自側邊駛來，超車至廂型車前方後又緩緩降速，像是故意逼車一樣。

小卡車車斗上載著六、七個胳臂上刺龍畫鳳的傢伙，那些傢伙有的持槍、有的攜刃，對著奕翰大聲吆喝，且都彎伏著身子、摩拳擦掌，一副想要往廂型車車頭跳的模樣。

這些傢伙全是孟伯和喪鼠在快炒餐廳談判當天，被邵君收編的道上兄弟，此時他們的雙眼全都閃耀著奇異光芒，顯然都經過某種程度的邪法改造。

「你在開車，這樣行嗎？」青蘋對著駕駛座問。

「不行也得行……」奕翰還沒講完，便見那小卡車突然減速，一個傢伙飛撲躍來，他連忙急轉方向盤，避開那飛撲傢伙。那傢伙砸在地上滾了幾圈，像是瘋狗般翻身躍起，狂奔幾步躍上一輛怪異機車，繼續緊追在後。

前方小卡車上又有兩個傢伙高高躍起，撲向廂型車頭，盧奕翰再轉方向盤，避開其中一人，卻讓另一人撲在擋風玻璃上。

那人一手揪著後視鏡，一手揪著雨刷，齜牙咧嘴地朝盧奕翰大吼，跟著緩緩仰頭。他的頭仰到了難以想像的角度，他的後腦幾乎貼在後背上，然後陡然往前撞來，轟隆一腦袋撞進擋風玻璃裡。

「去你的！」盧奕翰一拳打在那傢伙臉上，將對方打落下車。跟著，他聽見幾聲槍響，連忙低頭，是小卡車上的傢伙朝車頭開槍。

他不停低頭又探頭，車速一降，後頭的轎車立時再次撞來。

趴伏在後車上的凌子強忽地躍起，落在廂型車頂上。

青蘋操使著十數條黃金葛藤蔓向車頭捲去，在碎裂的擋風玻璃外結出如同鐵窗般的保護圍籬。

盧奕翰瞪目施咒，展開鐵身，將腦袋、臉孔、胸腹等身軀要害鋼鐵化，以防被子彈擊中。

只聽見車頂上發出啪嘰啪嘰的聲響，那是凌子強扯斷黃金葛藤蔓的聲音，此時他弓身蹲跪在車頂，左手無名指上的戒指已然摘下。

酒紅色的筋脈紋路自他赤紅左眼向四周擴散，他揚起拳頭，整隻手通紅一片，轟隆朝車頂一捶，一拳擊穿了車頂。

他聽見車裡發出驚呼騷動，不禁咧嘴笑著，像是得意自己的力量受人注目。

他抽回右拳，雙手扒著車頂破口，像是想將破口扒得更大，卻見一片黃色飛羽自那破口飄出。

黃羽飄到凌子強面前，陡然炸出一陣刺鼻黃煙，將凌子強嗆得咳個不停。

「呀哈哈，他中招了！」英武的怪笑聲從車廂中傳出。跟著，是阿彌爺爺叫嚷起來：「換我、換我……」

一片米黃色東西自車頂破口竄出，竄上凌子強的臉、竄上他全身。

那是些紙折動物，有紙折小鳥、紙折蝙蝠和紙折飛蟲——它們在凌子強身邊旋繞撲飛，小飛蟲往凌子強眼耳口鼻亂鑽、大飛鳥圍著凌子強腦袋頸子亂啄。

「吼！」凌子強讓這些紙折小蟲小鳥鬧得憤怒大吼，突然感到雙足一緊，數條黃金葛藤蔓捲上他的腳，將他拋飛老遠，摔在十數公尺外的柏油路面上。

車廂裡，夜路翻到了前座，將那碎成一片的擋風玻璃撥散，探身伸手穿過黃金葛藤蔓圍籬，對準那不停左右游移的小卡車車尾。「鬆獅魔，他們跳來一個轟一個！」

三個持刀持槍的傢伙朝著廂型車頭飛撲而來，然後被自夜路右掌竄出的鬆獅魔張口吼飛老遠。

「去、去去去！」阿彌爺爺口裡喃喃唸咒，翻著一本本他攤在四周的書，那些書的書頁彷彿有生命般自動撕下、自動摺疊成形；有的一頁折成一隻飛鳥，有的一頁裂成四小張紙，折出四枚飛蟲。

大大小小的飛鳥飛蟲全往車頂破口竄出，有的往前、有的往後，一張張貼上四周追擊怪車的擋風玻璃。

「阿彌爺爺，別貼玻璃，貼那些車子的大燈！」青蘋揪著黃金葛藤蔓，貼在車窗旁觀察追擊怪車，見那一輛輛怪車的大燈彷彿如同兩隻眼睛，這些怪車自個兒會跑，不需活人駕駛。

「哇，原來那些東西是眼睛啊！」阿彌爺爺立時將號令加入咒語中，翻開新書，喚出新的紙蟲紙鳥，只見那第二批、第三批飛出的紙折蟲鳥，紛紛竄往怪車車頭上那一盞盞像是大小眼睛般的車燈。

這些紙蟲鳥雖然沒有什麼攻擊力量，但一隻隻貼上怪車眼睛，遮蔽了怪車視線，讓那些怪車一下子亂了陣腳，轟隆隆撞在一塊兒。

左右幾輛怪機車夾擊而來，那些機車與其他怪車相同，大燈都狀如眼珠，車身上生出古怪利刺或是肢體結構，每輛機車上都蹲著兩個混混流氓，他們持著棍棒刀械朝著廂型車身揮打，有的試圖往車上攀。

青蘋在車廂裡指揮一條條黃金葛藤蔓鞭打那些怪車怪人，這些天她愈漸熟練這神草操使技術，當她捏著黃金葛藤蔓時，彷彿能夠將那條條藤蔓當作自己的手腳來驅使；儘管她會的招式不多，但這神草的力量大得能夠掀翻汽車，光是寥寥幾招也足以堪用。

「炸！」青蘋盯著窗外，抓準時機，一聲令下，一條黃金葛藤蔓對著一輛怪機車鞭去，幾枚黃金葛葉子同時爆炸，轟隆炸在那怪機車大燈——也就是怪機車眼睛上，炸得那機車前輪抬起，像是隻暴走瘋馬般失控亂竄，將車上兩個揮刀揚棒的混混甩落下車，陀螺似地翻滾老遠。

「糟糕！」夜路才剛稱讚完鬆獅魔吼砲厲害，卻見前方路面異變，十數公尺外柏油路面出現大片裂痕，街道旁的建築正快速變形增長，且往廂型車方向快速推進。

盧奕翰猛然掉頭轉向，但見數輛怪車直直撞來，他只好將廂型車駛上紅磚道，衝進四號公園。

只見公園圖書館方向街上的黑夢建築，因爲被阿彌爺爺的陣法阻住去勢，而越疊越高，成了一座數十公尺高的小山，那黑夢建築往上堆疊的同時，也不斷往街道兩端擴張。

「黑夢會把四號公園吞沒，我們不能待在這裡，要離開！」夜路大叫。

「我知道。」盧奕翰焦躁地駕著車，在四號公園裡亂竄，後頭還追著數輛怪異房車和機車。

公園裡那些人骨士兵正與阿彌爺爺的紙折大軍打成一團，廂型車撞飛了人骨士兵、也撞飛了紙折動物。

「那些惡人在糟蹋我的書啊，可惡的傢伙！停車，我下去跟他們拚了——」阿彌爺爺佇在車廂電腦螢幕前，盯著螢幕上的監視畫面，只見邵君等人已進入他的巨大書庫裡四處翻箱倒櫃。

邵君站在阿彌爺爺那木桌前，將木桌抽屜一個個拉開，檢視裡頭那些古怪玩物和筆記資料。

她翻開一本破舊小本子，瞅著上頭字樣和塗鴉微微出神，還取出手機撥號，像是迫不及待想將發現告訴他人。

「那該不會是阿彌爺爺研究壞腦袋的筆記資料吧！」青蘋說：「怎麼沒一起帶走？」

「不是吧，應該都帶著啊！」夜路聽青蘋那樣說，連忙回頭，斜斜望著螢幕上的情景，無奈地說：「阿彌爺爺老是抓著一本寫一本，寫完就亂扔，整間圖書館到處都是他的筆記，敵人來得太快，要是有筆記忘了帶，也沒辦法啦……」

「沒時間管那些事啦——」盧奕翰焦躁嚷嚷，急急重踩油門，再次撞飛幾個人骨士兵。

只見公園前方，街道左右兩端的黑夢建築增生飛快，若他們不能在兩端建築交會相連之前衝出四號公園，便將受困在這裡，哪兒也去不了了。

大道兩端那黑夢建築相距僅剩不到三十公尺，廂型車卻尚處在公園正中央，與後頭怪車纏繞追鬥。

黑夢建築推進的速度比廂型車更快。

「夜路！你們怎麼還不放屁熏暈這些壞傢伙？」阿彌爺爺暴跳如雷，甚至想開後車門跳車，被青蘋攔著，吵嚷不休。

「啊！對呀——」夜路聽阿彌爺爺那樣喊，陡然想起他們花費數日布置擺放的掃把星。「奕翰，放屁……快！現在！」

「啊？」盧奕翰全神駕車，聽夜路朝他連喊數聲放屁，本來焦惱得想賞他一拳，但見夜路指著自己掌裡那幾乎要給捏破的掃把星符籙，終於會意，連忙施咒，正式解開整座四號公園裡所有掃把星封印。

「青蘋，集中精神，要發動掃把星啦——」夜路大聲提醒，還拿起前座一罐噴水罐子，朝著前後胡亂噴灑更多回魂羅勒藥液。

盧奕翰手上的符籙閃耀起淡淡青光，公園四周草皮都耀出同樣的青光。

轟——

圖書館正門方向街道那堆疊如山的黑夢建築，海嘯般蓋下。

七層樓的國家圖書館，被數十公尺高的黑夢建築群迎面撞擊，瞬間崩垮後被淹沒在滾滾傾瀉的黑夢建築裡。

「哇——」青蘋自後車窗望著後方那如浪撲來的黑夢建築，嚇得連聲大嚷：「要被撞上了，快呀！」

盧奕翰將油門踩到底，加速再加速，直直駛過草皮、撞毀幾處遊樂設施，衝過人行紅磚道，衝回大街。

只見對街有條巷子，巷子兩側不遠處的樓房都古怪高聳，自街道兩側擴長的黑夢建築幾乎就要會合封死整座四號公園。

但由於掃把星破壞了阿彌爺爺結界陣法，黑夢的力量一下子全往整座四號公園傾瀉，減緩了本來將要併攏、封死街道的黑夢建築速度，讓廂型車得以在被黑夢建築包圍之前，衝進那小巷，直直往前駛出了好幾條街。

□

廂型車停在距離四號公園約莫有二、三十分鐘路程的一條靜僻小巷裡，夜路忙著檢視廂型車受到的損傷，盧奕翰則將剛剛發生的狀況上報協會。

阿彌爺爺呆愣愣地倚著他那裝滿寶貝書籍的大皮箱，雙手捧著黑皮書和筆記本，抬頭望著青蘋，問：「這兒是哪裡呀？你們帶我來這兒幹啥？壞傢伙要打來啦，我還得回去布陣呢……」

「……」青蘋心疼地拍了拍阿彌爺爺的手，答：「我們……正要和協會夥伴會合，進一步研究您那黑皮書，只要能找著壞腦袋弱點，就能打跑那些壞人，守住你的書房啦！」

「對喲，我差點忘了這件事，還得解密呢！」阿彌爺爺啊呀一聲，拍了拍自個兒腦袋，又將注意力放回手上的黑皮書和筆記本，專注研讀起來；一兩分鐘後，又露出呆滯神情，向夜路或者青蘋問些早已問過十數次的話。

他們逃出四號公園的當下，當阿彌爺爺貼在窗前見到整座圖書館被黑夢建築衝毀時，可嚇得魂飛魄散，還以爲夜路那放屁草威力強大得將他整座書庫結界都給炸了。

夜路和青蘋本來擔心阿彌爺爺要失控吵鬧，但阿彌爺爺卻像是受驚過度，好半晌一句話也說不上來。他的記憶像是一下子回到了先前全心布陣、研究黑皮書，準備對抗即將壓境的「壞腦袋」的那幾天裡。

青蘋和夜路便也順水推舟，一會兒說帶他去找更厲害的救兵、一會兒說要與協會成員會合，共同研究那黑皮書的奧祕，尋找破解壞腦袋的辦法。

但他們心裡都十分清楚，阿彌爺爺那書庫結界，在掃把星的破壞和黑夢碾壓下，恐怕是救不回來了。裡頭那千千萬萬本阿彌爺爺的珍藏愛書，便被長埋黑夢了。

「這麼趕？」盧奕翰聽著手機，露出訝異神情，又講了幾句，結束通話，轉頭對夜路說：「又有新任務了……」

「新任務？」夜路問：「還是堅壁清野？」

盧奕翰點點頭。青蘋卻忍不住插嘴：「我討厭這種工作。」

「我也不喜歡吶……」盧奕翰苦笑地攤攤手。

「這次是哪裡？」夜路問。

「宜蘭。」盧奕翰說：「穆婆婆的雜貨店。」

夜路瞪大眼睛，連連搖頭：「這不可能吧，那老太婆沒這麼好說話，腦袋也精明得很，要是讓她知道我們要搞她結界，她會殺了我們。」

「本來秦老要親自出面說服她，但這兩天我們又有不少夥伴失聯，秦老跟孟超哥在中部策劃封鎖線，分身乏術，他要我們立刻趕去宜蘭，勸穆婆婆離開；如果勸不成，就用騙的；騙也騙不成，就算了。」

「『就算了』的意思……是讓穆婆婆在那裡自生自滅？」夜路問。

「應該是。」盧奕翰說：「秦老加上孟超哥，再加上你跟我，大概也打不贏一個阿君。」

「加上穆婆婆跟她那棵老樹，就打得贏了。」夜路嘖嘖地說：「不過……黑摩組不只一個阿君。」

「你知道就好。」盧奕翰嘆了口氣，上車。

□

眼前的公路彎曲且狹窄，路的一側是坡壁，另一側則是山崖，這是北宜公路。

沿路隨處可見撞毀的車輛殘骸，以致每駛出一段路程，青蘋就得操縱神草黃金葛，將堵死前路的焦黑殘車搬移開來，讓盧奕翰繼續駕車前進。

在他們車後還跟著另一輛廂型車，那是與他們肩負相同任務的靈能者協會夥伴，載著滿滿的掃把星，要和他們一同趕往宜蘭，進行最後一項堅壁清野任務。

「這位穆婆婆，就是英武說的——我外公要我去找的那位……那位老相好？」青蘋翻著自己的筆記本，裡頭記載著日落圈子裡各式各樣的奇人異士和稀奇法術。

「之前我們有和她確認過了，外公要妳去找的人，的確就是穆婆婆。」夜路點點頭，說：「穆婆婆算是台灣日落圈子裡的老前輩了，她不是協會成員，但以前常幫著協會打四指。她的老情人是協會成員，被派往死守一個會散發魄質的古井，戰死在井裡。穆婆婆不願離開她情人的葬身處，就在井旁住了下來，一住就是幾十年；那個地方也從山郊林地，變成了一個偏僻小鎮。那古井現在是間雜貨店，裡面有個非常厲害的結界。」

「爲了守著逝去的情人，在古井旁住了幾十年……」青蘋皺眉翻著筆記本，突然想到了什麼，說：「不對呀……她不是我外公的老相好嗎？怎麼又冒出個戰死的老情人……這件事你們之前怎麼沒跟我說。」

「守著老情人的魂，不代表之後不會遇到新情人呀……」夜路嘿嘿笑著說。

「老相好那三個字，最先是英武提到的吧。」盧奕翰從後照鏡裡望了青蘋一眼，說：

「或許得先確認一下，英武明不明白『老相好』跟『老朋友』之間的分別……」

「肌肉人，你當我三歲小孩啊。」英武嘎嘎叫地抗議起來：「我怎麼會不知道老相好跟老朋友的分別。我講『老相好』已經很客氣了，沒講姘頭已經很給面子啦，我以前的主人就是老孫的老相好，當時他除了我主人之外，同時還有七個老相好，眞他媽的！」

「夠了……」青蘋揮了揮手，表示不想聽，但夜路倒是有些好奇，問：「你說你主人是外公的老……朋友，那後來你怎麼會跟外公在一起，而不是跟你主人在一起呢？」

「我不是說了嗎，他當時同時勾搭上八個老相好呀。」英武話匣子一開，倒是興致勃勃。「他爲了勾搭我主人，從鳥販攤子將我買來，送給我主人，結果三個月後我主人發現他有那麼多老相好，就氣得把我還給他啦！我那時可沒現在聰明，也不懂人語，誰餵我東西吃我就跟著誰，莫名奇妙就跟著那糟老頭子過了這麼多年，聽他說了許多個老相好的故事。」

「好好好。」夜路見青蘋臉色難看，知道她不想聽英武提她外公那些風流韻事，便扯開話題，說：「總之啊，穆婆婆畢竟是圈子裡的大前輩，我們也不敢妄自猜測她老人家的私事，妳有興趣的話，到時候碰到她可以當面問她——啊，還是別問好了。穆婆婆脾氣大，結界法術更是絕頂厲害，要是得罪她，別說勸她離開那間雜貨店，說不定連我們也走不了啦！」

「原來穆婆婆擅長結界法術呀。」青蘋望著車廂裡的黃金葛，說：「英武要我去找她學操縱神草，我還以爲她懂得植物法術……」

「是老孫要妳找她，不是我要妳找她。」英武插嘴，說：「其實我也不清楚他那老相好到底會什麼法術，老孫老相好太多了，他不會跟我說他每一個老相好的祕密，就算說了，我也記不住。」

「夠了、夠了！」青蘋瞪大眼睛，作勢伸手要去搗英武嘴巴。她對外公孫大海和其他女人間的過往情史實在不感興趣。

「各位，有點不對勁。」盧奕翰盯著後視鏡，對夜路說：「快通知後車，那些怪車又追上來了。」

「什麼？」夜路呆了呆，湊近那被扯得歪斜而無法閉合的後車門旁，往外望去，只見後方協會廂型車的更後頭，駛來一輛巨大的聯結車。

那聯結車兩側車燈處，生著兩顆滿布血絲、籃球大小的突出眼睛，雙眼之間，則是一張突出利齒的血盆大口。

一陣混雜著獸吼的引擎聲刺耳響起，十幾輛古怪重型機車自聯結車旁竄出，車上載著被黑摩組收編的道上流氓。

那些重型機車一下子便趕上兩輛廂型車，機車上的流氓揮甩著鐵鍊和棍棒，機車車頭上的怪眼像是盯著仇人般勾勾瞪著盧奕翰，眼睛旁的大嘴還不時噴出血色廢氣。

「這些車好煩人吶！」青蘋、夜路和英武再次各就戰鬥位置，青蘋揪著黃金葛下令，讓黃金葛自車頂破口竄長出去，包覆著整輛車體，跟著木質硬化，作為車體盔甲；英武踩在一片黃金葛大葉上，喙裡叼著一枚黃羽備戰；夜路翻回前座，喚出鬆獅魔，拍著他腦袋。

盧奕翰透過後視鏡，見到後頭的協會廂型車裡的成員探身出窗，對著幾輛怪機車施放符術，但他們的車輛沒有神草保護，被幾名流氓撲在車上，持著利器胡亂敲砸。後頭廂型車那協會駕駛放咒絆倒一輛機車，但被隨後衝來的另一輛機車上的流氓，一棒打在胳臂上，似乎傷得不輕。

盧奕翰突然駛上對向車道，跟著陡然減速，用車尾逼開三輛與同伴廂型車糾纏不休的怪異重機。

他駛在對向車道上，與另一輛協會廂型車齊肩並行，由於北宜路窄，兩輛廂型車並行，占據了整條道路，使得機車無法從側面進攻；自然，在此危急當下，盧奕翰也顧不得前方可能駛來的對向車輛。

夜路來到車尾，探手出窗，將掌上的鬆獅魔當成主炮，對準逼來的怪異機車開火，鬆獅魔的吼波力量強悍，對著一輛莽撞衝來的怪機車迎頭一吼，將那怪機車的突出眼睛都給轟飛離體。

阿彌爺爺再次放出書頁蟲鳥，英武帶著那些蟲鳥猶如空軍，對準怪機車眼睛猛攻。

十餘輛怪機車有的撞山、有的墜崖，一下子便給殺倒大半，車上的流氓一個個摔得皮開肉綻，但他們此時的力量遠勝常人，即便翻車摔滾得像是陀螺一般，也能立刻站起狂奔，攀上其他怪異車輛，或是拔足狂追。

「咦！這輛車怎麼不怕我的煙？」英武領著書頁蟲鳥接連弄翻好幾輛機車，卻見其中有輛機車頭那車燈對那些書頁蟲鳥一點反應也沒有。仔細一看，這怪機車便連行進方式，也與其他怪機車不同——駛得扭扭曲曲，像是喝醉了一般。

車上兩個流氓舉起手槍，瞄準英武，卻因爲怪車蛇行而無法瞄準，流氓們氣得用腳猛踹怪車，嘶吼怒罵。

英武拋下一片黃羽，炸出刺鼻煙霧，加上怪車又一記大扭，竟將車上兩個流氓全翻下了車。

「哇……主人、我的主人，對不起……我……」那怪機車像是察覺自己鑄下大錯，嚇得驚叫起來，猛一急轉，回頭去救那兩個流氓，卻又因爲抓不準方向，竟輾過一個流氓小腿。

「吼！」那流氓氣得朝怪機車開槍，幾枚槍彈打進怪機車機殼裡，淌出異色怪血。

「主人，我錯了，主人……原諒我！」怪機車哀號求饒。

「哇，原來這些鬼車會說話呀！」英武見這怪機車竟說起話來，不禁嘖嘖稱奇。仔細一看，見怪車兩枚眼睛竟長在車尾方向燈上，連嘴巴也生在車尾，總算才明白這怪機車是因爲倒著開，導致行進歪斜。

英武掉頭，想將這有趣發現回報給眾人，便見到有輛機車加速竄到了載著大量掃把星的協會廂型車後。

重機後座一名流氓捧著個古怪鐵籠，裡面關著一隻奇異大蟲；那流氓揭開籠門，將整個籠子砸進廂型車尾的窗中。

「那什麼東西？」英武不解，回頭又見到那大聯結車後，竄出新一批怪機車，後座的流氓手上都捧著相同的鐵籠子。

車廂裡，青蘋突然尖叫起來，夜路急忙轉頭，只見青蘋指著電腦螢幕嚷嚷，夜路望向螢幕，只見螢幕上的主要視窗，是與另一台廂型車的視訊畫面。

那廂型車廂內部正騷動著。

「怎麼了？發生什麼事？」駕駛座上的盧奕翰似乎也發現隔鄰友車出現異變，他降下車窗朝著鄰車大喊。

「怎麼了？」「怎麼會這樣？」那廂型車前座的協會成員像是熱鍋上的螞蟻般騷動起來，駕車的協會成員甚至放開了方向盤，不停拍打著自己的雙腿，且發出哀號。

「哇！」盧奕翰驚見協會廂型車前座上方突然竄下一張古怪鬼臉，鬼臉一片銅黃，臉上布滿金屬零件和怪異線路。

那金屬鬼臉陡然張口，對準了駕駛頭子一口咬去。

炸開一片血花。

前座另一名成員駭然之餘，也無法出手相助，他整個身子被自椅背竄出的金屬胳臂緊緊箍住，動彈不得，連符都掏不出來。

那廂型車後車廂裡情形也同樣淒慘，兩名成員被四周竄出的金屬銳刺刺穿身體，慘死車中。

青蘋和夜路看得目瞪口呆，全然不明白那輛廂型車究竟發生了什麼事。

「青蘋、青蘋！我知道了——」英武嘎嘎叫著，自車頂破口鑽回車裡，將剛剛目睹那流氓將裝著怪蟲的小鐵籠砸進廂型車中的經過說出來。

「什麼？」夜路聽完英武敘述，急急往車尾窗外望，只見後方機車陣再次逼來，車上流氓都舉著詭異鐵籠，鐵籠裡的怪蟲不停躁動，迫不及待地想往外頭鑽。

「哇！」盧奕翰發現協會成員的廂型車開始變形，車身上浮凸起有如人類血管的古怪筋脈，車頭劇烈震動，車燈外罩破裂散落，擠出兩枚布滿血絲的大眼睛，怒氣沖沖地瞪著盧奕翰。

那變形的廂型車開始往盧奕翰這輛車猛撞，一張大嘴開開闔闔，咒罵著不知什麼話語；那車裡四名協會成員的遺骸似乎成了怪車食物，被各種古怪線路和金屬銳刺纏繞，像是正被「消化」一般。

盧奕翰見同仁整車淪陷，莫可奈何，重重踩下油門，加速駛遠。

「千萬別讓那些傢伙靠近！」夜路見幾輛機車加速追來，車上流氓揭開鐵籠的鎖，伸手按著籠門，像是在等待拋蟲時機。

阿彌爺爺放出更多紙折蟲鳥；英武鑽出車頂，領著那些紙折蟲鳥飛至車尾護衛；青蘋揪著黃金葛，伸出一條長藤，左右鞭打那些逼近的古怪機車。

一輛機車逼近廂型車身，車上那流氓在被黃金葛掃飛之際，拋出手上鐵籠，籠裡的怪蟲一把揪住了黃金葛藤蔓，轟隆撞在側面窗上，和夜路大眼瞪小眼。

夜路終於看了個仔細，這怪蟲上半身有好幾隻嚴重鏽蝕的器械怪足，還有張怪異金屬人臉，下半身卻拖著一串古怪機械——

活脫像是隻無殼寄居蟹。

那寄居異蟲瞪著兩顆血紅眼睛和夜路互望兩秒，立時往車頂爬。

「英武，那怪東西上車了，把他打下車！」夜路駭然驚叫。

飛在空中的英武早在夜路提醒之前便見到那撞來的機車，領著紙折蟲鳥撲飛衝下，與那寄居怪蟲纏鬥起來。

寄居怪蟲兩隻長臂長得比其他胳臂更長，像是主螯一般，揪著紙折蟲鳥便一把撕毀，突地被一陣耀目紅光映得睜不開眼，那是英武射來的紅羽。

英武雙爪揪住那寄居怪蟲，一把將對方扔下車，滾了幾圈被後頭疾駛來的機車碾得碎爛。

好幾輛機車再次逼近，三、四名流氓扔手榴彈般地將籠門揭開之後，將整個籠子對著廂型車擲來。

夜路將雙手都伸出窗，右掌的鬆獅魔吼飛一個籠子，左掌上的老貓有財甩出四條光鬚纏死籠子，讓裡頭的寄居怪蟲無法在第一時間破籠而出，撞在車身上摔回路面。

第四、第五個籠子裡的寄居怪蟲揪著車外的黃金葛葉片，還沒爬至車身，那葉片在青蘋指揮下陡然炸開，將寄居怪蟲炸飛。

盧奕翰猛一轉彎，閃開前方一處廢棄車輛之後又駛回原道，後頭兩輛重機竟像是獵豹般高高躍起，跳過那廢棄車輛，但還沒落地，便讓夜路的獅子砲轟個正著，車上的流氓彈上半空。

巨大聯結車發出了凶猛的引擎獸吼聲，像是逐漸失去耐性，雙眼下那血盆大口裡每一片利齒都像鐽子那麼大，那大車一點也不將沿路摔倒的夥伴機車放在眼裡，不是輾過就是撞飛。便連那剛變形的協會廂型車，也讓那大聯結車撞下山崖。

「怎麼辦？那大車開在路中間，我們沒地方逃呀！」青蘋見那大聯結車越逼越近，這狹長彎曲的北宜公路上，一側是山壁，一側是懸崖，倘若廂型車的速度比不上大聯結車，便要給巨大怪車生吞活剝。

「奕翰，開快點，前面就是九彎十八拐了！」夜路突然想到了什麼，急急大喊著。

「油門早就踩到底，沒辦法更快啦——」盧奕翰瞪大眼睛，神經繃到了極限，只覺得在這北宜公路和這些怪車飆車，危險緊迫不亞於親身和四指成員搏鬥惡戰，只要一個失神，便要撞山或是墜崖。

「青蘋，裡面交給妳，外面交給我！」夜路捧著鬆獅魔腦袋，嘀咕在他耳邊說些什麼。

「什麼？你說什麼交給我？」青蘋聽得一頭霧水，只見那巨大聯結車距離廂型車尾只剩五、六公尺，大嘴噴著血霧，利齒上還掛著摔車流氓的斷肢。

「放黃金葛，塞滿整個車廂，塞得越滿越好！」夜路將右手探出車外，回頭大喊：「我們用上次那招！」

「前面就是九彎十八拐，你確定要這麼幹？」盧奕翰滿臉都是汗水，只見北宜公路最負盛名的危險路段「九彎十八拐」的第一個彎折，就在眼前不遠處。

九彎十八拐是北宜公路尾端一段下坡路，地圖上看起來好似千層麵的側面般層層疊疊，沿途有好幾個大轉彎，每一段彎道與前一段彎道都有著十層樓以上的高度落差。

「就這麼幹！」夜路大喊：「九彎十八拐，我們走直線——」

「等一下啊，伽兮……」青蘋終於明白夜路的意圖，她揪著黃金葛藤蔓，急急下令。「長！」

車廂裡，瞬間爆滿一片翠綠；車體外，一片水幕自廂型車車尾破窗上的鬆獅魔鼻子噴出，巨大的鼻涕泡泡瞬間包裹起整輛廂型車，且還塞著無數小泡泡作爲緩衝。

噗——大聯結車轟然撞來，將被鼻涕泡泡包裹起來的廂型車撞得騰空飛起，飛出了九彎十八拐的最前段。

同時那大聯結車止不住衝勢，也跟著衝出了彎道護欄。

「哇！」青蘋等人被滿滿的黃金葛藤葉五花大綁兼塞得動彈不得，只覺得眼前翠綠一片，四周天旋地轉。

轟！

廂型車和大聯結車幾乎同時砸在九彎十八拐彎道間的山坡上。

廂型車壓垮了幾株樹，在山壁上滾了滾，高高彈起；大聯結車壓垮更多樹，也撞歪了嘴巴、撞斷滿嘴利齒，還撞爆了一顆大眼睛，轟隆砸在後續彎道的路面上。

廂型車噗地再次落在更下方的彎道，然後再彈起。

鬆獅魔兩隻短足不停扒動，控制著大鼻涕球彈動方向，讓大鼻涕球一路安然彈到了山下，車廂外大大小小的鼻涕泡泡噗地破散，瞬間在車外下了一場鼻涕小雨。

車廂裡寂靜一片。

「收……」青蘋幾近虛脫地下了命令，作爲緩衝兼安全帶的黃金葛逐漸收去。

夜路費力撥開擋在眼前的黃金葛葉片，見到窗外市鎮街道，忍不住歡呼起來：「平安降落啦——」

眾人望著車窗外的夕陽餘暉，半晌說不出話，彷如大夢初醒。

「剛……剛剛發生了什麼事啊？」阿彌爺爺呆愣愣地問。

「沒事。」夜路抹著汗答：「我們正要吃晚飯，吃飽了才有力氣研究打壞腦袋的辦法。」

「是呀……要吃飯啦。」阿彌爺爺伸了個懶腰，從口袋裡掏出他那黑皮書，細讀起來，不時揉揉腰。「怎麼覺得好累人呀……」

03樓頂

天空灰濛濛地飄著細雨。

張意坐在一座壁面爬滿青苔的水塔下，自水塔上斜斜延伸長出的古怪小木屋，替他遮住了雨。

水塔旁有三處向下延伸的樓梯，樓梯的欄杆腐鏽斷裂，三條往下的怪梯四通八達。

長門坐在一只橫倒的郵筒上，那位置可以同時盯著兩條樓梯底下情況，她抓著一條布巾，擦試著她那寶愛的三味線；孫大海則盤腿蹲在另一條樓梯旁，腳邊堆著幾個大小花盆，他正忙著將奪回的神草種子，移植到一個不大不小的花盆裡；昨日取手一戰之後，長門替他挪正斷骨，包裹妥當，再以大罈魄質配合治傷法術，經過一夜，已復元許多。

先前載運神草的老烏龜，伸長了脖子佇在孫大海腳邊，目不轉睛地盯著神草，像是有些不捨這神草離開了他的背一般。

「老孫，你這神草長大之後會變啥樣子呀？」摩魔火見孫大海成天把玩他那神草幼苗，忍不住問：「你說得很厲害，但昨天也沒見他有什麼功效。」

「沒辦法呀。」孫大海苦笑了笑，說：「養分不夠，長不大開不了花，結不出果子能有什麼用。」

「你這草會結果子？」摩魔火問：「結出的果子能吃嗎？」

「能！」孫大海指著他那盆神草，說：「我替這神草取了個名字，叫『百寶』。這百寶能長成樹，開不同的花、結不同的果，每種果子有不同功用，有的吃起來像雞鴨魚豬牛羊肉、有的吃起來像蔬菜水果、有的能治傷健體、有的能當炸彈攻擊呢！」

「是不是真的呀？」摩魔火聽得不可置信，頭胸上一堆複眼閃閃發亮。「這樣子家裡種一盆，可以吃上一輩子啦，還能當武器用。」

「吃九輩子都行呀。」孫大海哈哈大笑說：「如果這東西沒這麼好，我也不會死皮賴臉拉著你們和大頭目冒著生命危險，去替我弄回這種子啦。等他長更大點，力量會更強，有這百寶樹作為後援，你們打黑摩組，勝算會大上許多喲，只不過……我還是得先找著我外孫女才行吶，唉。」

「老孫，別拐著彎說話。」摩魔火哼哼笑著說：「伊恩老大答應過你的事，一定會替你辦到，就算你外孫女真出了事……我是說萬一啦……他的後繼者，加上我們整個組織，不要命也替你報仇。晝之光的信用，是用命跟血打出來的。」

「嘿嘿，好說。」孫大海聽摩魔火這麼說，像是放下一塊心中大石，半晌之後又搖搖頭。「無論如何，我還是希望青蘋平安無事呀，報仇這種事，能不要最好……」

張意將那載著大鐔的揹架擺在腳邊，七魂則直掛在大鐔揹架外側的金屬掛勾上，伊恩的左手仍緊緊握著七魂刀鞘。

昨日取回手後，大夥兒按照伊恩先前的建議，一路往上，來到這紛雜撩亂的黑夢建築群樓頂確認方位，商量接下來的前進路線。

這大樓其中一面朝向淡水河，河的對岸是三重，從這頭望去，明顯可見黑夢建築群已經堆築到了接近河畔一帶，而河岸對面的建築則未有變化。

意即他們只要抵達河畔，突破黑夢，便能夠離開黑夢核心地帶。

長門沿途上仔細清理了伊恩那斷手，她用銳利如刀的銀撥削去斷臂上一些被鬼噬餓鬼咬過而產生異變的腐肉，在兩支被啃去大部分肌肉的臂骨外側，裹上了乾淨的布巾。

長門整夜心亂如麻。按照伊恩事前囑咐，整隻前臂連同手掌，都必須完整無缺，這煉手計畫才算百分之百成功；但在那取手之戰中，她全力牽制力大無窮的鬼噬，卻無法阻攔那些小餓鬼直接從伊恩上臂裡鑽出來啃噬伊恩前臂，將前臂啃得只剩下兩支枯骨。

伊恩左手背上那豎眼自從大戰當時睜開一次之後，再也未睜開，大夥兒只能憑著七魂一路安然無恙，推測伊恩魂魄還在手裡，或許只是累壞了。

「師兄……」張意突然開口：「如果老大一直不醒，我們是不是要一直待在這裡？」

「誰說老大會一直不醒？」摩魔火聽張意那麼說，怒氣沖沖地跳到他胸前，瞪著他說：「你以為老大不醒，你就自由了、可以不用幹活啦？」

「我沒那麼說！」張意連連搖頭，說：「我只是想起……老大要確認方向之後，往黑夢邊緣前進，試著離開黑夢和同伴會合嗎？現在老大不醒，我們一直耗在這裡，黑夢又一直長大，我們不是離出口越來越遠嗎？」

「是呀。」摩魔火哼了哼，說：「問題是如果老大不醒，我們到了黑夢邊際，也未必出得去。你還記得當初你是怎麼出來的？」

「推開一道鐵門逃出去呀。」

「推鐵門之前呢？」

「被那高大的怪女人追殺呀。」

「是啊。」摩魔火說：「你能推開門，是因為老大替你擋下了阿君，否則你連門都碰不著，就要讓阿君扭下你腦袋了。」

「你看這高樓四周的守衛，是不是比前兩天少很多，這代表黑夢範圍變得更大了，他們將大部分的守衛力量都放在邊際周遭，他們知道我們想往外逃。」摩魔火繼續說：「他們會在邊際弄出許多看起來像是出口的陷阱，引誘我們上當，你越是覺得只要抵達邊緣就能離開，就越容易上當。如果老大醒來，他能識破那些陷阱、能帶領我們打退強敵；但他不醒，我們沒頭沒腦地前進只會平白送死。」

「嗯，你說得對……」張意摸摸鼻子，似乎被摩魔火說服，他雖然想儘早離開這鬼地方，但回想起阿君凶暴模樣、黑夢邊際危機四伏，若無伊恩坐鎮，當眞危險。

「另外。」摩魔火又說：「你有沒有發現，這兩天黑夢的氣味聞起來，沒那麼糟糕了。」

「氣味？」張意呆了呆。「你是說空氣裡的霉味嗎？」

「不，是黑夢影響情緒的力量。」摩魔火說：「你天生不怕黑夢，所以沒有感覺，但你還記得在華西夜市地下金庫那時長門小姐的模樣嗎？就算老大在我們身上施下防禦法術，但有時也會讓黑夢那古怪力量搞得頭昏眼花、心煩氣躁，但這兩天那力量減弱了。」

「也是因爲黑夢變得更大的關係？」張意問。

「對。」摩魔火答：「黑夢的力量雖會持續成長，但是當範圍一下子變大時，力量就分散、變得稀薄了；黑摩組那些人可以自由控制某些區域的力量強度，他們會把力量集中在戰場和邊緣地帶。」

「也就是說，我們繼續待在這兒，反而安全？」張意隨口問。

「可以這麼說。」摩魔火張著兩隻前足，激昂地說：「我大膽判斷，三、五天之內，我們不會有什麼危險；那些黑摩組鼠輩，他們害怕老大、害怕晝之光，老大讓他們見識到自己即便受了重傷，也能殺得他們人仰馬翻；我猜他們寧可慢慢等，等老大被鬼噬消耗殆盡，才來撿便宜，但他們不知道老大早已完成煉手計畫，他們……」

摩魔火這番喊話還沒結束，便聽見一聲巨響自附近樓房發出。

張意嚇得身子一震，長門倏然站起，飛快幾步來到十數公尺外的頂樓邊緣，那兒上方有座怪異歪斜的大型水塔，四周堆疊著古怪鐵皮壁面和東生西長的木板平台。長門透過鐵皮和鐵皮間的破口向外望去，只見數十公尺外一棟大樓上，有個搖搖晃晃的大怪物，胡衝亂撞地像是在追擊著什麼。

「咦？是那傢伙？」跟來的孫大海蹲在另一邊，將眼睛湊著壁面上的破洞往外瞧，只見那大怪物上身有著無數腦袋，肥滿寬厚的身軀長滿各種鬼臉，下肢有手、有腳，甚至還有歪斜竄長的人身——

那是占據了伊恩肉身的鬼噬。

此時鬼噬的外觀早已沒有一丁點過去伊恩的樣貌。

鬼噬力量雖大，但猶如多頭馬車，加上負責前進的下肢怪異雜亂，速度遠不及常人，因此前晚張意等人一取得伊恩左手、逃出雜貨賣場之後，便迅速拉開與鬼噬的距離。

想不到過了一夜一上午，鬼噬緩慢地晃到另一棟怪異大樓的樓頂上。

「他在跟誰打架？」張意也找著一處小破口偷看，只見鬼噬不停揮動身上各種古怪肢體，追打著一個迅捷身影。

那人速度快絕，明明可以快速逃遠，但他偏在鬼噬周邊亂繞，一會兒上前踹個兩腳，一會兒躍到高處撿東西朝鬼噬亂砸。他好幾次奔得遠了，還停下腳步，讓鬼噬追上，繼續糾纏打鬧，像是刻意捉弄鬼噬一般。

只見那人揚手一揮，灑出漫天光鳥，那些光鳥有大有小，大的如同孔雀、老鷹，小的接近鴿子；那些大小光鳥各個身上燃火，轟隆隆地往鬼噬身上撲拍衝撞，炸出一陣又一陣眩目光爆。

「啊，是那傢伙啊！」張意哇地一聲，和一旁的長門愕然相視。他們一見那些火鳥，便認出那與鬼噬遊鬥的傢伙，就是數天前在華西夜市寶山雜貨店裡撞上的那個瘋癲青年。

「他們怎麼會打起來啊？」張意儘管愕然，但見那大樓距此有數十公尺遠，兩棟高樓頂端都有三、四十層樓高；他心想儘管兩棟大樓之間還擠著一排略矮的樓房能夠連通兩端，但下樓上樓可也有段距離，那凶暴鬼噬和瘋癲青年一時半刻過不來，便也不害怕，像是瞧好戲般地盯著那兒戰局竊笑。

「那瘋狗打起架來沒分寸的，他會將守衛引過來……」摩魘火倒是有些焦躁。「還好那兒離這有段距離，我們先別輕舉妄動。」

只見那青年接二連三放出火鳥，炸得那鬼噬身上的鬼臉張大了口哭號怒罵；鬼噬力量巨大，隨手一揮便能揮毀身邊的磚牆甚至鋼板，但完全跟不上青年移動速度。

青年一路將鬼噬引到了樓頂邊緣處，那大樓邊緣壁面向外伸出一條條鋼骨。青年縱身躍上其中一條鋼骨，轉身面向內側，向後退了幾步，還朝著那鬼噬不停招手，像是想將他引上鋼骨一般。

「吼！吼吼——」鬼噬發出了連遠在這頭的張意都聽得見的怒吼聲，他揮動怪手，像是想要抓抓鋼骨上的青年。

青年又後退兩步，身子已經離開了大樓正上方，那橫伸出牆的鋼骨底下，是兩棟大樓間較矮的樓房樓頂，距離鋼骨可有十餘層樓高。

「那傢伙想引他上去，讓他墜樓？」孫大海不解地盯著那戰局，喃喃地說：「不對呀，要是那怪物眞踩上去，那傢伙怎麼離開？難不成要從他頭頂跳過去？」

「吼——」鬼噬像是頭餓壞了的瘋狗般，全身鬼臉齜牙咧嘴地張著，朝著青年抓扒幾下，身子一扭，抬起好幾隻腳，轟隆往那鋼骨上頭跨，像是眞想攀上去一般。

轟隆一聲，那鋼骨連結的高樓壁面像是承受不住鬼噬踩上的力道，崩出了裂痕，本來橫伸出壁面的鋼骨，喀啦啦地微微斜傾向下。

青年像是一點也不以爲意般，只是略微改變了站姿。

轟！鬼噬再扭了扭身子，讓更多手腳往那已經開始傾斜的鋼骨上攀，那些手腳上也掛著一些小鬼腦袋，那些小鬼腦袋像是已經察覺危險，嚇得尖叫起來示警，要其他大鬼別再往前了。

但鬼噬群龍無首，還在樓裡的軀體惡鬼們像是尚未察覺到前方危機，他們不停聞嗅著青年身上透出的濃醇魄質，像是想要將他當成大餐般。

鬼噬胸腹、肩頭上的飢餓眾鬼們的意見，似乎壓倒了被當成腿足的眾鬼，他們不停吼叫，指揮全身，又往鋼骨攀上一大段。

只見那鋼骨陡然傾斜成四十五度，青年揚手揮出一道黑墨，黑墨化成數條黑色藤蔓，有的纏上鋼骨，有的捲著了鬼噬的軀幹和手腳，像是要將他一把拉下樓。

「吼、吼吼——」鬼噬身上更多餓鬼察覺到了不妙，「往後退」的意見似乎增加了，整個身子騷動起來，像是在爭論著到底該後退還是該狩獵。

青年往前走了兩步，還將腦袋往鬼噬一條怪手上湊去。

「吼——」鬼噬陡然猛力一抓。

抓了個空。

同時，穿出鋼骨的壁面轟隆碎裂，整條鋼骨將要往下墜去，鬼噬被那黑藤纏住了手腳的，一部分手足還緊揪著大樓邊緣某些施力點，力量大得足以將整截鋼骨舉起拉回。

但鬼噬還沒施力，幾道光便爆炸在他頭上臉上，和他揪著大樓邊緣各處的手足上——

是各式各樣的火鳥。

然後是一大批的凶悍猴子和猛犬，嘩啦啦地落在鬼噬身上，對著大小鬼臉凶猛啃咬起來。

原來那青年在鬼噬探手撲抓的同時便高高躍起，且並未往下墜，而是在躍起的同時再一次施墨畫咒，在頭頂變出一雙巨大的飛鳥羽翼。他一手抓著那大翼，一手對著鬼噬放咒，在一陣火鳥、凶猴、猛犬亂炸之後，青年又甩下幾條黑藤捲住那鬼噬軀體，同時揪著那大翼猛力振翅。

巨大羽翼撲拍十餘下，也未能將鬼噬拉下。

青年晃了晃手，一口氣又變化出七雙一模一樣的巨大羽翼，以黑藤串連纏繞，齊力再一拉，終於將鬼噬拉離大樓邊緣。

「吼——吼吼——」鬼噬被拖在空中，身上眾鬼紛紛驚駭呼號起來，群鬼們有手的紛紛伸手去抓身上那些黑藤。但陡然之間，纏著鬼噬身軀的那些黑藤一下子盡數消失。因爲青年收了咒。

青年收去了多餘的羽翼，單手抓著一雙羽翼掛在空中，瞧著鬼噬轟然砸進數十公尺下那頂樓一處怪異加蓋建築的屋頂，樂不可支，捧腹笑了半晌之後，這才轉向張意等人這方向飛來。

「那傢伙會飛啊！」張意本來見他們離這兒甚遠，並不害怕，但此時見那青年竟然還有能夠飛天的法術，頓時緊張起來，他知道那傢伙瘋癲起來不可理喻，要是見著自己等人，可能又要糾纏不休了。

「別出聲，等他離開。」摩魔火低聲向眾人叮囑。

張意、長門和孫大海紛紛蹲低，將身子隱藏在廢棄機具後頭，小心翼翼地偷瞧那抓著大翼飛來的青年。

「糟糕、真糟糕……」摩魔火焦慮地扒搔著張意的頭皮，不久前他才信心滿滿地聲稱三、五日內都很安全，誰知突然又殺出這瘋子，不但打了場驚天動地的架，還悠悠哉哉地往他們這兒逼近。

青年哆的一聲，落在距離張意藏身處十來公尺處一座金屬大水塔上方，青年扠腰仰頭，像是十分享受此時天空飄著的細雨和微風。

「小子！怎麼樣，過不過癮？打得那怪物哭爹喊娘，哈哈！誰教他先惹我，哈哈！小子，你到底醒了沒有？你成天躲在我身體裡幹啥呢？」青年低下頭，對著自己胸口說話：「說話呀，不要以爲你閉著口我就不曉得你藏在我身體裡，你早上大吵大鬧、中午拳打腳踢、晚上哭哭啼啼，你想出來，是不是呀？」

青年嚷嚷說著，然後側耳傾聽，還不時握拳捶著胸口。「你說話呀，淨是嚷嚷，我一個字都聽不懂！你會不會講人話呀，你到底是誰？」

「咦？」孫大海望著那青年，突然想到了什麼，低聲對張意頭上的摩魔火說：「我知道這傢伙。」

「你知道他？」摩魔火咦了一聲。

「他們是夏又離和硯天希。」孫大海說：「他們在協會台北分部很有名吶——那硯天希，就是大頭目先前說的那大狐魔硯先生的女兒。她被困在夏又離的身體裡出不來，協會爲了醫治他們的身體，要我提供幾種特殊藥草；爲了那藥草，我還特地跑去東南亞一帶找了好久，才找到適合的植物，帶回來育種吶。」

「原來那傢伙就是老大說的狐魔女兒！」摩魔火陡然想起當時在華西夜市一戰，他曾氣憤怒罵那硯天希像條瘋狗，硯天希卻聲稱自己是狐，原來她就是那大狐魔硯先生女兒。

「大頭目說聞到的狐味，該不會就是她吧。」孫大海問。

「不。」摩魔火搖搖頭。「老大和那大狐魔有過數面之緣，老大不會認錯那大狐魔的味道。」

「如果是這樣，那硯天希在這兒，會不會把大狐魔也給引來？」張意低聲插口問。

「或許會吧，也或許不會……我怎麼會知道呢？別問這種沒答案的問題，師弟。」摩魔火焦躁地揪著張意頭髮。

「咦？」硯天希似乎察覺到了什麼，她操使著夏又離的身體自大水塔上躍下，落在地上，扭著鼻子，東聞西嗅起來。

「他們發覺我們了？」張意用極低極低的氣音問。

「不可能。」摩魔火拍了張意腦袋一下，爬到他耳朵旁，用同樣低微的聲音回答：「我們身上還有老大施下的隱匿咒術，即便是厲害的魔物，也嗅不出我們的味道。」

張意不再說話，伏低身子，透過雜亂機具間的縫隙，瞧著十數公尺外那被狐魔附體的夏又離身影。

張意身子一顫，猛然驚覺夏又離正往他擺放大鐔那方向走去。

他們身上有隱匿氣息的咒術，但那大罈、七魂和伊恩斷手卻沒有，因而讓硯天希察覺到那異樣氣息。

「咦？這是什麼吶？」硯天希嚷嚷喊著，已發現張意擺在那遮雨小屋下的大罈，以及大罈揹架旁的七魂，和伊恩的手。

「那是我們的東西，妳別碰！」神官的喊聲脆響地發出。

長門再也按捺不住，持著三味線奔出藏身處，來到夏又離身後。

「咦？又是妳！」硯天希操使著夏又離身子轉身回頭，見到長門，驚呼說：「妳怎麼也在這裡？其他人呢？」

「……」長門像是在思索著到底該如何和硯天希溝通，她想這硯天希或許是受了黑夢影響而發瘋，無法用常人邏輯與她對話；但長門個性單純耿直，自然也不懂油嘴滑舌哄騙話術，她正欲撥彈戒弦的手指微微舉著，卻遲遲未撥；而神官站在長門肩上，嘴巴微張，正準備要將弦音翻譯成人語。

「妳這鳥也在吶？」硯天希見到神官，想起上次華西夜市那時不僅幾個人打成一團，便連兩隻鳥也鬥得不可開交。她嘻嘻笑著，操使著夏又離身子朝長門走去，還揚起手，像是想抓神官。

長門連連後退，舉起雙手，撥弄戒弦。

「我們不是敵人，沒有惡意。」神官立時翻譯。「妳是硯天希，對吧？」

「硯天希？」硯天希呆了呆，望著神官，說：「你說什麼？什麼硯天希？」

「那是妳的名字，妳叫硯天希，妳……」神官一面聽著長門的弦音，一面即時翻譯：「妳知道自己現在在哪裡嗎？這個地方是黑夢，黑夢會影響妳的心靈，妳會覺得……」

「我聽不懂你在說什麼。」硯天希像是對神官後頭說的話一點也沒有興趣，她只想知道更多「硯天希」的事情。「白鳥，你說那三個字是我名字？你認識我？你究竟是誰？」

「我……我們是妳的朋友，我們是來幫助妳的……」張意的聲音從長門身後響起——他說這話時神情尷尬憋扭，因爲他是被摩魔火以蛛絲硬拉起身的。

「對她說：『我知道誰躲在妳身體裡。』」摩魔火在張意耳邊指點，張意便將摩魔火的話對天希說了。

「是嗎？」硯天希聽張意說完，狐疑地問：「你們知道他是誰？」

「跟她說，你知道……」魔魔火正要繼續指點張意話術，卻被硯天希揚手打斷。

「蜘蛛，你有話怎不自己說，非要那小子開口？」硯天希哼哼地問：「你們也真奇怪，蜘蛛用人講話、人用鳥講話！還有，那邊那個老頭，你又用誰幫你說話？」

孫大海先前見張意走出，本也無意再躲，伸長了脖子觀望，見硯天希點名自己，便也嘿嘿笑地站起，說：「我習慣用我自己的嘴講話。」

「妳說得對。」摩魔火見自己的隱身術對硯天希無用，便也大方在張意頭上現身，說：「我是隻大蜘蛛，我知道自己不討人喜歡，所以總是躲著說話。」他說到這裡，頓了頓，抬起一足指著長門，說：「長門小姐是聾啞人士，她只能透過肩上的九官鳥和別人溝通……硯天希小姐，我們不是妳的敵人，我們……」

「好啦。」硯天希不耐地揮了揮手，說：「我管你們誰負責說話，快告訴我，躲在我身體裡的是什麼人？」

「他……」摩魔火想了想，轉頭望著孫大海，他對夏又離和硯天希可一點也不了解。孫大海便也立時接話：「妳們是對小情人呢。」

「什麼？」硯天希哎喲一聲，像是給這答案嚇了一跳，她低頭望著胸口，說：「這是我小情人？我怎麼不知道自己有個小情人？他躲在我身體裡幹啥？」

「不是他躲在妳身體裡，是妳躲在他身體裡呢。」孫大海呵呵笑著說：「妳應當早也發現，這身體……不是狐身，也不像妳的人身，對吧。」

「嗯……」硯天希聽孫大海那麼說，點了點頭，又問：「這是他的身體？我躲在他身體裡做啥？」

「這……」孫大海雖知道這狐魔被困在眼前的青年體內，但卻不知道詳細的前因始末，他只好說：「你們生了一場病，妳還記得嗎？你們常去靈能者協會大樓給人針灸呢，你們平常吃的藥，就是用我種出來的草做成的喲！」

「什麼藥、什麼草！」硯天希只聽得渾然不解，她氣呼呼地說：「你說什麼我聽不懂呢？我身體裡到底住著什麼人吶？」硯天希邊問，一邊不耐地搥著胸口，問：「裡頭的人，你說話啊——」

長門見硯天希分心，便緩緩朝魄質大罈走去，想悄悄取回大罈。

硯天希抬起頭，盯著長門。

長門立時停止動作。

硯天希的視線轉而掃上那大罈，狐疑地盯著大罈猛瞧。

「唔……」摩魔火只暗叫不妙，倘若只有大鐔，或許還能哄騙她幾句，她眞要搶便給她算了。但七魂和伊恩左手就掛在大鐔揹架上，一隻斷手握著一柄武士刀，即便是個小孩，也能一眼瞧出這組合實在太詭怪了。

「這什麼東西啊。」硯天希走近那大鐔，打量著伊恩的左手和七魂，緩緩伸出手，想去拿七魂，卻陡然停下動作。

硯天希再次望向長門，望向她掛在胸間的三味線和右手上的銀撥，眼神裡流露出濃厚的狐疑。「你們剛剛說，你們是我朋友？」

「是啊！」「對對對，我們是妳的朋友呀，硯小姐。」孫大海和摩魔火立時接話。

「我們想幫妳……」

「那她呢？」硯天希指了指長門。「她爲什麼想要攻擊我？」

「……」長門同步聽著神官的翻譯，默默望著硯天希，並沒有撥弦回應，她知道自己剛剛見硯天希伸手去拿七魂時，確有施以突襲的想法。或許是硯天希察覺到在那瞬間她體內的魄質流動和備戰氣息，因而警戒起來。

「哼哼，這東西這麼値錢呀？妳捨不得讓我碰呀？」硯天希盯著長門，挑釁地笑著，緩緩將手伸向那大鐔。長門不想她碰，她便偏要去碰。

轟——

大鐔連同七魂，被一隻自地板竄出的巨大紅手高高托上半空。

在最初的一瞬間裡，長門和硯天希先是呆然，跟著互視，她們都以爲這隻大手是對方施出的法術。

但她們隨即便改變了想法，眼前大手散發出的劇烈魄質窮凶極惡，和對方絕不一樣。

「總算找到了。」

一個熟悉的男人聲音遠遠地響起。

張意和孫大海、長門駭然朝那聲音望去，只見宋醫生站在遠處一處高聳水泥水塔頂端。

「啊、啊啊，那不是上次碰過的五魔王之一嗎？」張意駭然嚷嚷，他時常聽伊恩提及黑摩組核心五人，心中早將這五人認定成了黑夢中最可怕的五大魔王。

巨大的紅手將大鐔連同七魂，高高托向宋醫生佇足之處。

長門拔足急奔，去追那紅手。她撥弦打出幾道銀流，一端捲上紅手手腕，一端捲著自

己，將自己倏地甩上紅手。

她在直徑超過兩公尺的巨臂上奔跑，再撥出一道銀流朝著大罈疾射而去，想將大罈捲回。

但那道銀流被巨臂手腕陡然竄出的紅手抓個正著，一把捏碎。

「笨蛋！」硯天希的聲音自長門後方響起，長門雖未聽見硯天希聲音，卻已感到她散發出的強大魄質。她抬頭，只見硯天希操縱著夏又離的身體，高高躍過她頭頂，落在她前方，且飛快往前急奔，像是想搶在她前頭搶得那大罈。

硯天希雙手一拍，再張開，雙掌心溢出黑墨，她雙手同時彎指沾墨，飛快畫出兩道不同咒術。

一頭巨大光狼自硯天希左側符籙光陣竄出，奔在硯天希前方；一隻巨大火鳳凰自右側符籙光陣竄出，飛在硯天希頭頂。

硯天希再次躍起，落在那巨狼背上，加速往前竄，當巨狼凶猛撞上前頭幾條竄出的紅臂時，硯天希便早一步高高躍起，一把揪著那火鳳凰爪子，倏地朝紅手掌心盪去，不偏不倚地落在上面。

「哈哈，誰也別想跟我搶！」硯天希哈哈大笑，正要伸手去抓那大罈，只感到雙腳一緊，被兩隻小手抓著腳踝，將她往外一拋。

「哼！」硯天希在空中畫咒，化出一頭大火鷹，她踩著火鷹後背，又躍上紅手。

但巨大紅手已經舉至那水泥水塔前方，宋醫生一把抓住了被硯天希操使中的夏又離手腕。

「一箭雙鵰。」宋醫生盯著眼前的夏又離，說：「好久不見，小離，不過，你這身體現在……應該是那小狐魔在用吧。」

這青年肉體眞正的主人夏又離，曾經是黑摩組的一員，和宋醫生、邵君、鴉片等人，算是同門夥伴。

「你對誰說話呀你！」硯天希瞪著雙眼，一拳轟向宋醫生正面。

又被宋醫生抓個正著。

宋醫生雙手抓著夏又離雙手，他兩隻手的無名指都閃耀著奇異光芒。

「小狐魔，是我太看重妳，還是稍微看輕了我自己？」宋醫生緩緩將夏又離雙手湊近，改以一手抓著他兩手。「我一次摘去兩隻戒指，好像有點小題大作了。」

「你講話有點噁心，我聽不懂你說什麼呢！」硯天希氣憤大罵，但見眼前的宋醫生竟能以一手抓著她兩手，且無論她如何施力，也甩脫不開，終於感到些許害怕。她陡然張開掌心出墨，準備反指畫咒，但才彎指沾著墨，還沒來得及動指畫咒，手卻再也無法張開——

宋醫生的左手竄出更多奇異手指，一圈一圈地將夏又離雙手緊緊箍住。夏又離的手指無法動彈，不能畫咒，他體內的硯天希那千變萬化的咒術便一樣也施展不出。

「哇，你做什麼！放開我的手——」硯天希怒吼罵著，抬膝去頂宋醫生肚子、抬腳猛踩宋醫生的腳，但她無法施術，力量便遠不如同時催動兩隻指魔力量的宋醫生。

「小離，你聽得見我說話嗎？」宋醫生對硯天希的攻擊無動於衷，雙眼盯著眼前夏又離的眼睛，說：「如果你那時一直留在我們身邊，或許能夠與我平起平坐了，你會後悔嗎？」

「後你媽的悔！」硯天希噫地一聲尖吼，猛力仰身，朝著宋醫生的正面使出一記頭錘，被宋醫生空出的那手擋下。

宋醫生捏著夏又離的腦袋，微微施力，捏得硯天希痛苦尖叫起來：「放手、放手！」後頭，長門追上紅手掌心，正要將大鐔取回，卻陡然停下動作，望向宋醫生。

宋醫生朝她點點頭，笑了笑。

長門點點頭，雙手無力垂下，自數公尺高的大手掌緣向後仰倒，頭下腳上地往下落，被衝來的張意撲個正著，兩人衝進摩魔火瞬間吐出的蛛絲大軟團裡。

「長門小姐、長門小姐！」摩魔火見長門雙目茫然，一動也不動，連忙嚷嚷：「師弟，快抱住長門小姐，那傢伙開始使用黑夢的力量了！」

「什……什麼！」張意聽摩魔火這麼說，連忙一把摟住長門，抬頭望向上方的宋醫生，驚慌地說：「現在怎麼辦？我們要逃嗎？」

「……」摩魔火張著毛足，一時答不上來，這種情形下他們自然得快逃，但伊恩的手和七魂卻還在那大手上，無計可施之下，又聽後頭也發出磅的一聲。

張意和摩魔火轉身望去，只見跟在後頭的孫大海也癱倒在地，一動不動，懷中那神草百寶小盆栽也摔在地上，盆裡的土都摔出大半。

「咦？你身上還有其他神草？」宋醫生見到自孫大海身上滾出的那盆栽，略微察覺出那不起眼的盆栽小芽透出的奇異魄質，先是微微一驚，跟著又見到底下抱著長門的張意竟仍保持清醒。他忍不住哈哈大笑起來。「神刀七魂、小狐魔、能夠抵抗黑夢的小子、新的神草……看來『一箭雙鵰』這四個字，已經不足以形容我今天的收穫了呢。」

「是嗎？那恭喜你喲。」一個沙啞而奇特的說話聲音，自宋醫生背後響起。

宋醫生瞪大眼睛回頭。

站在他身後的，是一個矮小老頭。

那小老頭身高猶如一個小學低年級生，身上衣著古怪，就像是個頑皮孩子在服裝店胡亂拼搭出來的一般。

「先生，我有問題要問你……」那矮小老頭掏了掏口袋，自口袋裡掏出兩枚戒指，遞向宋醫生。「我看你也戴著滿手戒指……想問問這東西的主人，是你朋友嗎？」

「這是小非的戒指！你……」宋醫生見到那矮小老頭掌心的兩枚戒指，驚駭至極。

他鬆開雙手，任由夏又離癱摔在水塔上，猛地躍上水塔旁那紅色巨手，雙手一揚，巨手高高抬起，飛快遠離水塔。

同時，整座水塔竄出千百隻怪手，全往那矮小老頭抓去。

「哇！你做什麼？」那矮小老頭像是沒有預料到宋醫生說打就打，嚇了一跳，但他也沒讓那些怪手抓著，而是飛快地踢歪竄近眼前的幾隻怪手，躍了起來，在空中翻了翻掌，用手指沾沾掌心，凌空畫了個小符咒。

自那小符咒光芒中竄出一雙巨大羽翼，矮小老頭一把揪住那羽翼，快速追向宋醫生，氣呼呼地說：「我不過問你個問題，你打我做啥？」

宋醫生指揮著紅手後退，巨大紅手上不停竄出新的怪手，全往迎面飛來的矮小老頭伸去。

「真是可惡。」矮小老頭一手抓著那巨大羽翼，一手翻了翻，和硯天希一樣反指沾墨畫咒，畫出一個光陣。他將手穿過那光陣，只見胳臂周圍一下子出現六隻幻影小手。老頭快速地又畫出一模一樣的咒，胳臂旁那六隻幻影小手，也畫出六道相同的咒。一隻大手和六隻小手同時穿過七道光咒，然後，每隻手旁，又現出六隻幻影手。

矮小老頭吹鬍子瞪眼睛，四十九隻大手小手，整齊劃一地畫出第三咒。

巨大的符籙光圈層層疊疊地在老頭手邊閃耀，那光芒耀眼得像是太陽，其中竄出一隻又一隻巨大的火鳳凰。

巨大的火鳳凰張開雙翼，有四、五公尺寬，全身燃著烈燄，一隻隻朝宋醫生和那紅色大手撞去。

轟——

紅色大手像是被飛彈接連轟炸般炸出劇烈火光。

「哇！我出手太重啦！」矮小老頭見宋醫生連同大手被前頭十餘隻鳳凰炸出的巨大火焰吞沒，連忙伸手一揮，將後頭三十幾隻火鳳凰驅趕上天，繞了幾個圈圈之後消失。

「雨雲出來滅火喲！」矮小老頭又畫了個咒，招出一大團烏雲，往那烈燄方向一指。

只見那團烏雲閃動著電光飛向火堆，嘩啦啦地撒下暴雨，迅速澆熄墨繪火鳥燒出的火堆。

「咦？」矮小老頭收去大羽翼，落在那火堆中東張西望，卻找不著宋醫生。

「老大、老大——」摩魔火揪著蛛絲操縱張意的身體也跟著那矮小老頭衝進火堆餘燼裡，只見那七魂和那大罈揹架倒在某處不起眼的角落。

張意衝向大罈，只見大罈和整座揹架都安然無恙，幾道黃符旋繞在那大罈四周——那是明燈的符咒；顯然當七魂感受到威脅之際，明燈放出了保護符術，守住七魂不讓大火侵襲。

張意手忙腳亂地將大鐔揹架揹回背上，摩魔火對著伊恩左手激動嚷嚷著：「老大你醒啦？是你喊出明燈老師對吧？老大、老大？」

伊恩左手背上的豎目依舊緊閉，毫無回應。

「喂！」矮小老頭不知何時來到張意身後，張口喊他：「你們又是誰呀？」

「我……」張意轉身，一時不知如何回應，他見這矮小老頭雖其貌不揚，但隨手便嚇跑那黑摩組五魔王之一的宋醫生，顯然是厲害到了極點的傢伙。

「您……您就是整個日落圈子裡無人不知、無人不曉的老前輩硯先生吧。」摩魔火畢恭畢敬地在張意腦袋上現形，舉起兩隻毛足，像人類拱手般朝著眼前那叫作硯先生的矮小老頭拜了拜。

「硯先生？誰是硯先生？」硯先生兩隻眼睛像是斜視般無法對焦，骨碌碌轉了轉。「你在對我說話？你認識我？」他歪著頭嘟嘟囔囔，突然皺起眉頭，露出怒意，一把揪住張意領子，將他往下一拉，讓張意頭上的摩魔火與自己視線平行。「你叫我老前輩，我看起來很老嗎？」

「呃……」摩魔火一時啞口無言，也不知硯先生這話是什麼意思，他陡然想起此時硯先生的舉止說話，便和附身在夏又離身體裡的硯天希如出一轍，連忙說：「您……您是來找硯大小姐的是不是，她、她……」

「什麼硯大小姐？」硯先生吹著鬍子。「我是來找小王八蛋，聽說她有個相好，我想瞧瞧喜不喜歡。」

「這……」摩魔火抬起毛足，指向後方那水泥水塔上。說：「會不會……就是他呀。」

「嗯？」硯先生轉頭，只見夏又離的身體搖搖晃晃地自水塔上站起，一手摸著腦袋，像是十分虛弱，晃了晃，又癱坐倒地。

硯先生的身子看來矮小瘦弱，但行動靈敏如豹，轉眼奔出好遠，臨去前，還伸手在張意額頭上點了點。

同時，還沒從黑夢效力中恢復的孫大海、長門，額頭上也各自被竄過他們身邊的硯先生輕輕點了一下。

他們身子瞬間被不知哪冒出來的黑色粗藤緊緊捆縛起來，當張意意識到自己受縛時，硯先生已經落在那大水塔頂上。

「咦？眞是妳這小王八蛋！」硯先生揪著夏又離頭髮，盯著他的臉猛瞧，還嗅了嗅他頭頸，嚷嚷說著：「妳人身怎麼變男孩啦？妳練了新法術？說話呀小王八蛋！」

夏又離雙眼迷茫，被硯先生晃了晃，突然嘔吐起來，像是重病一般。

「哇！」硯先生連忙鬆手，望著夏又離不停嘔吐，一時不知該說什麼，回頭手一招，對著張意等人比劃了劃，拋出三頭巨犬撲向張意三人，咬著他們身上粗藤，將他們叼上水塔。

「你們誰知道這小王八蛋怎麼回事？」硯先生望著張意等人，見長門和孫大海神情恍惚，便只張意眼神正常，便問：「你們又是怎麼回事呀？」

「我……前輩，我們都被困在這黑夢結界裡。」張意和摩魔火生怕說錯話得罪這硯先生，一人一蛛你一言我一句，小心翼翼地講：「待在這裡會讓人精神錯亂，剛剛那宋醫生就是搞出這黑夢的組織成員，他們一直在追殺我們……剛剛要不是因爲您出手趕跑那傢伙，我們……跟硯大小姐，或許已經被殺死了。」

「黑夢？什麼黑夢？」硯先生瞪了瞪眼，連連搖頭。「這地方叫『壞腦袋』才對，我們是在壞腦袋裡頭；這壞腦袋確實會讓人瘋瘋癲癲，你看看你們，一個個都像喝醉酒一樣。」

「是……」張意點點頭，雖然他覺得這硯先生同樣瘋瘋癲癲，也不知是受了黑夢影響，還是原本舉止便是如此，只好試探地問：「他們靠著這黑……壞腦袋的力量，還能夠讓人自殺，我們完全不是對手……但前輩你為什麼一點事都沒有？」

「呀，你小子問這廢話！」硯先生氣呼呼地說：「這壞腦袋是我以前一個老朋友的獨門法術，我和他打過好多次架，每次都是我贏，我怎麼會怕這壞腦袋，傻瓜！我那朋友呀……嗯？是誰呢？」硯先生歪著頭，像是在思索著當年用這結界法術和他打架的傢伙，究竟叫什麼名字了。

他想了半晌也想不出來，又過了一會，甚至連這問題都忘記了，上前揪著癱軟無力的夏又離，說：「我本來每天在山裡悠閒看雲，聽說這島上竟然出現壞腦袋，又想這小王八蛋一直待在這島上，幾十年沒見她，來探探她。誰知她一見我就跑，像個瘋子一樣……」

「前輩，這說來話長呀……」孫大海像是終於回神般，這時開口接話，說：「您那大小姐以前生了場大病，寄生在這小子的身體裡好多年，他們分不開啦。」

「有這種事？」硯先生盯著夏又離，見他兩隻眼睛胡亂轉動，神智不清，上前捻了捻指，畫出幾道咒術，整隻手掌亮晃晃地像是托著一團光，往夏又離臉上搧了個巴掌。

夏又離胡亂轉動的雙眼總算停下，像是回了神，摀著臉還不知道發生了什麼事。

「小王八蛋，你認得你老子了嗎？」硯先生盯著夏又離。

「你……」夏又離呆然驚訝，望了望硯先生，又望了望張意等人，再望望四周，喃喃地說：「這裡是哪裡，你們是誰啊？」

「小王八蛋，妳連妳老子都忘啦？」硯先生雙眼圓瞪，揪起夏又離的領子，像是想再賞他幾巴掌。

「什……什麼，我不認識你呀老伯……」夏又離哇哇大叫。

「哇，妳這小王八蛋也叫我老伯？一千歲有很老嗎？妳小王八蛋也百來歲了，妳怎麼不叫自己老太婆！混蛋！」硯先生怒罵幾句，跟著又像是想起一件重要的事，揪著夏又離頭髮，嚷嚷說著：「妳躲在這小子身體裡幹啥？快出來，妳忘記自己是隻母狐狸啦？」

「哇！」夏又離連忙求饒：「你……你在對天希說話？我不是她，我……我叫夏又離，她……」

「前輩，別發怒，我知道不少事，我替您問他好了。」孫大海見這青年語氣、神態和先前全然不一樣，顯然是這身體的主人夏又離醒來了；他知道那靈能者協會帷幕大樓遇襲時，夏又離正在裡頭接受治療。倘若他和硯天希從那時便因黑夢影響而喪失心智，此時突然醒來，自然什麼也不知道，任他和這瘋瘋癲癲的硯先生對話，也只是雞同鴨講，他朝著夏又離大喊：「夏又離，看著我，你記得發生什麼事了嗎？」

「我……」夏又離茫然著搖搖頭，抿了抿嘴，感到口舌腥苦酸澀，低頭看著胸前濕濡濡的沾著大片嘔吐穢物，嚇了一跳，像是連自己什麼時候吐了都不知道。

04老舊雜貨店

破破爛爛的廂型車停在蘇澳小鎮附近一條靜僻巷子裡。

廂型車斜對面有間老舊雜貨店，是他們這次堅壁清野的目標——穆婆婆的雜貨店。

此時約莫傍晚七、八點，盧奕翰等人經過了一場暈頭轉向的北宜公路追逐戰後，早已疲累不堪。

「現在……怎麼辦？」青蘋望著從那凌亂不堪的後車廂中翻出來的寥寥數盆掃把星，將灑出的土重新填回小盆。

夜路朝青蘋挑挑眉，朝一旁的阿彌爺爺呶了呶嘴。此時阿彌爺爺正端著他那寫滿壞腦袋筆記資料的黑皮書反覆研讀，尚不知這些「放屁草」其實是用來摧毀他那書庫結界的。

本來載運大量掃把星的協會夥伴車輛，在北宜公路上被那些流氓用了不知什麼異術寄生蟲占據車身，殺了車上所有協會成員，也讓好不容易抵達目的地的盧奕翰等人，沒有足夠的掃把星可以用。

這麼一來，即使盧奕翰和夜路成功說服那雜貨店主人離開，也無法毀去這結界，到時候倘若還要拜託結界主人「親手」毀壞結界，那難度顯然更高了。

盧奕翰伸手在那雜貨店鐵捲門上敲了敲，等待半晌，又敲了敲，仍然不見有人出來應門。

此時儘管已經天黑，但也不算太晚，盧奕翰回頭望了望廂型車上的夜路等人，又伸手敲了敲鐵捲門，且稍微加重了力道。

「打烊啦，看不懂字呀！嘎嘎！」鐵捲門後傳出奇異說話聲。

「呃，您是穆婆婆嗎？」盧奕翰呆了呆，伸手去推鐵捲門上收信口的擋片，像是想瞧瞧裡頭說話那人樣子。

盧奕翰透過收信口，只能隱約見到裡頭那昏暗雜貨店內那裝著零食蜜餞的大玻璃瓶、幾座老式投幣扭糖果機，卻見不到說話那人。

「我不是穆婆婆，婆婆出門了，你改天再來。」那聲音不似人音，反而與英武說話的腔調有些接近。

「什麼！」盧奕翰愣了愣，繼續說：「請問，您是穆婆婆的親人嗎？我們是協會的人，協會事前已經知會過穆婆婆，我們是來……」

「你有什麼證據證明你是協會的人？」那聲音這麼說，跟著又說：「你後退一點，把手舉起來，兩隻手都舉起來，讓我看看你的手指。」

「……」盧奕翰聽那聲音這麼說，莫可奈何，向後退了幾步，舉起雙手、張開十指，讓門內那傢伙看清他雙手。只見在他後退之後，鐵捲門上的收信口又被輕輕揭開，然後那收信口後有個黑影晃了晃，像是眼睛。

「好，我看見你手上沒戴戒指。」那聲音這麼說。

盧奕翰攤了攤手，才走近鐵捲門，卻又聽那聲音說：「可是沒戴戒指也不表示你是協會的人吶。」

「我是協會正式除魔師，我有證件的……」盧奕翰翻了個白眼，從口袋掏出一張證件，遞向那鐵捲門上的收信口。

蹲在廂型車車尾的夜路，見到盧奕翰取出證件，笑嘻嘻地對青蘋說：「我沒說錯吧，他很愛向人炫耀那張除魔師證。」

「還好啊。」青蘋聳聳肩，說：「他也只給我看過一次。」

「這是我教他的。」夜路哈哈大笑，說：「要維持神祕感和價值感，就不能時時刻刻都拿出來，但對陌生人，一定要展示一次。」

青蘋知道盧奕翰在年幼時，有個美滿的家庭，有事業有成的爸爸和賢慧的媽媽，還有聰明的哥哥和漂亮的姊姊。

但一次莫名的變故彷如晴天雷擊般劈入了這個幸福美滿的家庭，一隻魔物侵入了他家，殺了他的父母和兄姊。

他能夠逃離魔口，倖存下來，是因爲在魔物吃完了他的親人，逐漸走向他時，有個男人即時闖進他家，擊斃那魔物，救了他一命。

那男人是靈能者協會裡的一級除魔師。

那男人擊斃魔物之後瀟灑離去的強悍背影，成了盧奕翰往後每夜夢見姊姊或父母被魔物啃食驚醒時，最好的強心壯膽藥劑。

他相信這世上確實存在著黑暗，但光明始終未曾離開人們；他相信自己也能夠成爲那被黑暗步步進逼時，現身與黑暗對抗的一盞燭光。

長大後的盧奕翰長年自行鍛鍊身體，上網搜尋各種奇聞異事、鬼居凶宅，他甚至自己編造奇遇鬼話，爲的就是希望引起協會注意，進而能和協會成員有所接觸，成爲其中一員。

直到兩年前某個晚上，夜路找上了他。

又過了一段時間，他們結識了夏又離和硯天希，與黑摩組周旋了許多次，盧奕翰也如願取得了正式的除魔師執照。

那是張銀光閃耀的證件，上頭沒有姓名，只有簡潔的職位名稱和編號。

盧奕翰將這張證件塞入鐵捲門收信孔。

「這什麼鬼東西呀，我又看不懂字，我怎麼知道是不是眞的。」那聲音這麼說。

「那你還我好了。」盧奕翰耐著性子，低聲苦笑說：「穆婆婆如果不在，或是不方便見客，我們可以在車上等……」

「這東西我先幫你保管。」那聲音嘎嘎地說：「等穆婆婆回來時我給她看看。」

「這……」盧奕翰顯得有些爲難。

夜路哈哈笑了起來，一躍下車，走近雜貨店鐵捲門，拍拍盧奕翰肩頭，又敲敲鐵捲門，說：「小八，別鬧了，我是夜路，我們來找穆婆婆的。」

夜路這麼說，還回頭對著跟著走來的青蘋說明：「裡頭不是人，是隻鳥，是穆婆婆養的八哥。他沒見過奕翰，但見過我，他認識我。」

「那你怎麼不一開始就來幫忙？」盧奕翰瞪著夜路，伸手要揪他的領子。

「你是協會正式成員，這是你的工作啊。」夜路哈哈笑地撥開盧奕翰的手，又敲敲鐵捲門，對裡頭說：「小八、穆婆婆，是我，作家夜路。」

「你又是誰呀，什麼路？」那聲音說：「都說了婆婆不在，你們好煩吶，嘎嘎！」

「你忘了我嗎？我是夜路啊！」夜路本來想趁盧奕翰吃了閉門羹時再出馬威風一下，但聽鐵捲門後的小八一點也不買帳，不禁有些羞惱。他急急地說：「小八，我們一起冒險過呀，陪那小畫家跋山涉水，在花蓮畫那猴魔大聖、在美濃畫那天才傘師家傳傘魔和大黑熊魔、在墾丁畫了梅花鹿魔，你不記得了嗎？」

「哎呀、哎呀！」鐵捲門後那聲音終於開始興奮起來，嚷嚷地說：「你是說有一次和一隻大胖狗跟小胖狗、一隻老貓和一隻兔子的那次冒險嗎？」

「是啊，就是那次！」夜路說：「我是夜路，是那次冒險的領隊，我帶領你們繞了台灣大半圈，替那酒鬼神拳完成他的心願，讓他乾女兒阿默小姐替他畫完『萬魔繪』吶，快開門吧，大家都自己人，我們有急事找穆婆婆。」

「你想騙我呀。」那聲音說：「那次旅行領隊明明是個長髮大美人，她帶著一個小妹妹，和一些大狗、小狗、兔子跟貓還有一些跟班們一同旅行。我是婆婆派去支援那妹妹的，我就不記得裡頭有個什麼夜什麼路的傢伙，你是四指吧，我才不上當，婆婆交代過別放陌生人進門！」

「就當我是跟班好了。」夜路氣呼呼地將雙手十指往那收信口裡一插。「我不是四指，你看，我的手是乾淨的！我……」

他還沒說完，只感到手指猛地刺痛，連忙抽出手，見無名指給咬破了個洞，滲出點點鮮血。

「沒禮貌，亂玩我家鐵門！」那聲音嘎嘎叫著罵。

「裡面的朋友。」盧奕翰急急敲著門：「穆婆婆不在，我們可以等，但請你把我的證件還給我。」

「誰跟你是朋友，你什麼時候變成我朋友啦，我才不還你，你們是騙子，我要把這東西弄壞！」那聲音說：「嘎嘎、喀喀……哇，這什麼做的？怎麼這麼硬啊！可惡，我要跟婆婆講，你們欺負我，你們丟張鐵片進我家割我嘴巴……可惡，喀喀！」

「喂！」盧奕翰聽那傢伙竟在破壞他的除魔師證件，急得大力拍起鐵捲門。「那是我的東西，別亂來呀！」

「呃……」青蘋輕輕拍了拍夜路。

夜路正對著投信口嚷嚷不休：「你這笨鳥咬我？我們忙著辦正事你搗什麼蛋？快開門！」

「喂。」青蘋又拍了拍盧奕翰。

盧奕翰也大力拍著門。「快把證件還給我！」

「喂！」青蘋大力在兩人肩上拍了一下，兩人這才回頭，還搞不清楚發生什麼事，就見到了那佇在巷口轉角，拉著菜籃車，冷冷瞅著他們的駝背老太婆。

「哇，穆婆婆！」夜路嚇得向後一躍，連連搖手說：「您別誤會，我們……我們有急事要向您報告，協會……協會應該事先通知過您了吧！」

「您就是穆婆婆……」盧奕翰聽夜路那樣說，也立時轉身，對那駝背老太婆恭敬地鞠了個躬。

穆婆婆一語不發，拉著菜籃車緩緩走來。

她的菜籃車裡除了蔬菜鮮肉，還倒豎著一把竹掃把。

她兩隻眼睛灰濁濁的，但視力卻似乎極佳，遠遠地就認出見過的夜路。「你是上次那小子，身子裡藏著個厲害狗魔的小子。」

「是呀。」夜路聽穆婆婆認出了他，欣喜地點頭鞠躬，還對身旁的青蘋說：「看，是不是，我就說我跟穆婆婆有點交情，剛剛那笨鳥腦容量太小，沒辦法記住太多事。」

「婆婆、婆婆呀！」鐵捲門後那聲音嘎嘎哭叫起來：「妳回來啦，快來救我，這些人好惡，他們砸我們家的門，要進來欺負我呀！有個人還丟了塊破鐵片進來割我嘴巴，他那鐵片好硬，我嘴巴好痛，我弄不壞他那鐵片，在上頭拉坨屎總行了吧，哼——」

「什麼！不行！」盧奕翰聽鐵捲門後的聲音那麼說，連忙轉身想拍鐵捲門，卻陡然感到穆婆婆身上發出了一陣強悍魄質，趕緊停下動作。

「不不不，穆婆婆……我們沒有惡意……」夜路急急解釋，還舉起雙手作投降狀；便連剛接觸日落圈子裡各種奇門異法的青蘋，也明顯感到距離他們數公尺遠的穆婆婆，那瘦小傴僂的身子散發出的力量不但強大，且帶著濃烈殺意。

「哇，這老太婆該不會是那打我書庫那些壞傢伙吧，他們追到這來啦！」還窩在廂型車上、尚搞不清楚狀況的阿彌爺爺，見到穆婆婆面露凶相，突然想起書庫毀壞那深仇大恨，氣得一手拎著他那箱寶貝書、一手抱著一本大書，自車上一躍而下，朝著穆婆婆揚開他那本大書——

「不是啊，阿彌爺爺！」「她不是敵人！」夜路和盧奕翰見到阿彌爺爺沒頭沒腦地衝出來開戰，連忙搶上前去一左一右架著他，卻來不及攔阻自阿彌爺爺那本攤開的大書裡蹦出來的紙折大獸。

那是隻大紙虎，體型比世上最大的西伯利亞虎還大上一號。

大紙虎張著凶猛大口，轟隆隆朝著穆婆婆狂踏奔衝，對準了穆婆婆頸子凶狠咬去，但它口還沒咬著穆婆婆，便讓穆婆婆一把掐住頸子，翻摔在地上，跟著重重一腳踏扁那大紙虎腦袋。

「好兇的老太婆！」阿彌爺爺可料想不到眼前這瘦小傴僂的穆婆婆，一雙細瘦胳臂和雙腿竟力大無窮，隨手便毀了他的紙虎。他氣得又想翻書，但他那本書連同雙手，都被夜路和奕翰緊緊按著，不禁氣得嚷嚷起來：「你們幹嘛不讓我打她？」

穆婆婆緩緩往前走，緩緩伸手從菜籃車裡抽出那竹掃把。

「穆婆婆，對不起，一切都是誤會，我……我們……」盧奕翰和夜路驚慌地連忙道歉，但隨著穆婆婆走近，他們總算發現她那雙灰濁眼睛，其實並非盯著他們，而是盯向他們背後。

他們回頭，只見巷道遠處走來一批傢伙，大都赤著上身或是穿著無袖背心，臂膀上刺得龍飛鳳舞，手上都拎著開山刀，有些人甚至牽著眼睛發紅的猛犬——

是北宜公路追逐戰那些混混們。

「後面也有！」青蘋肩上的英武嘎嘎叫嚷起來，揚開翅膀指向另一邊，只見後方道路也有隊人馬浩蕩開來。

一輛輛機車那車頭大燈都是一顆突出巨眼，怪車們猶如深夜狩獵的餓虎，刻意壓低了引擎聲響，只爲了逼近獵物；車上的混混們有的渾身浴血、皮開肉綻，甚至連骨頭都穿出了皮肉，但他們像是對身上傷勢一點也不以爲意，緩緩擺動著手上的刀械和鐵鍊。

「又是這些傢伙……」盧奕翰和夜路見那些混混死纏爛打的程度超乎他們想像，氣惱之餘也感到無奈。

「完了，被包圍了……」夜路和盧奕翰一個喊出貓跟狗，一個摩挲著一雙鐵拳，他們見兩端人馬來勢洶洶，前後無路，驚急之餘也只能正面硬扛。

「神草！」青蘋急急奔回停在雜貨店旁的廂型車後，將擺在椅下那盆黃金葛拉出，捏著莖藤喊了聲「斷」，整車黃金葛立時枯萎消散，青蘋捧著那只剩一節莖藤的黃金葛盆栽，捏著小節莖藤又喊了聲「長」。

小盆上的黃金葛立時又伸長了兩公尺有餘，青蘋左手托著小盆，右手捏著黃金葛莖藤，不時轉頭，緊張地看著巷弄兩端逐漸逼來的混混車隊。

「妳……」穆婆婆盯著青蘋和她手中那盆黃金葛，灰濁的雙眼閃了閃精光，身上殺氣立時褪去大半，朝著鐵捲門揮了揮手。「小八，開門。」

鐵捲門終於緩緩打開。

一隻黑壓壓的八哥鳥在門後振翅亂繞，對著穆婆婆大叫大嚷：「婆婆好、婆婆妙，婆婆買菜回家做飯給小八吃——」

兩端車隊混混一見鐵捲門打開，立時加快步伐，紛紛揚起手上的刀械武器，浩浩蕩蕩地衝殺而來。

「先進去。」穆婆婆拉著菜籃，沉沉地說。

「是！」盧奕翰等人七手八腳扛著阿彌爺爺和他那些書，彎低了身子，自那升到一半的鐵捲門底下鑽進雜貨店。

穆婆婆拉著菜籃車最後進來，轉身拉著鐵捲門沿往下一按。

轟隆一聲，鐵捲門飛快降下。

青蘋等在鐵捲門關上的那瞬間，見到兩側車隊混混們都衝到了雜貨店外，他們本來以爲會聽見劇烈的砸門、叫罵聲，但屏息互望了好一會兒，卻什麼也沒聽見。

小小的雜貨店裡光線昏暗、寂靜無聲，彷彿是個與世隔絕的世界，正中兩張並排大桌上擺著一罐罐大玻璃罐，裡頭裝著滿滿的餅乾蜜餞，兩側架子上混雜擺著古早童玩和近代零食。

穆婆婆走向店內角落，先揭開一座冰櫃，將菜籃裡那些青菜和鮮肉都堆進裡頭，跟著窩進一旁那褐黃老舊的竹編躺椅裡，望著夜路等人。

「婆婆、婆婆，我跟妳說，他們好壞喲，他們欺負我……」八哥鳥小八在穆婆婆身邊飛繞，還抬爪指著夜路一行人；他見到停在青蘋肩上的英武，先是嘎了一聲，跟著興沖沖地飛了過去，落在青蘋另一邊肩膀上，探頭對著英武說：「這不是鸚鵡嗎？你會說話嗎？」

「我會說話。」英武也探出腦袋，對著小八說：「你認得我啊？」

「我不認得你，但我知道你是鸚鵡啊。」

「你不認得我你怎麼知道我是英武？」

「你不是鸚鵡還能是什麼？」

「我是英武啊。你呢，八哥，你叫什麼名字？」

「我叫小八，大小的小，一二三四五六七八九的八。」

「幸會幸會……」英武和小八都將腦袋探出青蘋臉前，伸出爪子互握了握。

「……」青蘋盯著探在她嘴前的兩隻鳥爪子，都成了鬥雞眼，但眼前的穆婆婆，身上依舊瀰漫著帶有殺意的濃烈魄質，她便也不敢吭聲。

「你們就是協會派來勸我離開這裡的混小子們？」穆婆婆終於開口。

「是……」盧奕翰點點頭，說：「應該說，我們是來向您說明現在的情況，現在……」

「急什麼！拉保險啊小子，一樣一樣來，我問什麼你們答什麼。」穆婆婆打斷了盧奕翰，指著四周貨架上的那些零食飲料，說：「想吃什麼自己拿。」她見青蘋等人面露猶豫，便說：「這些東西不是老太婆請客，我會向協會報帳拿錢，你們吃多少我收多少錢，算是幫老太婆這破爛雜貨店捧個場，誰吃得少就是不給老太婆面子。」

青蘋等人聽穆婆婆這麼說，這才各自拿了零食飲料，拉了幾張板凳，吃喝起來。

阿彌爺爺和夜路低語交談半晌，總算弄懂穆婆婆不是敵人，不免有些尷尬，卻也尷尬不了多久，剛才發生的事便也忘得差不多了。

「穆婆婆，還是讓我說好了，整件事情呢，是這樣子的……」夜路揭開一袋餅乾，咖啦啦吃了起來，正要大發議論，卻讓穆婆婆扔來一包蜜餞砸在臉上，痛得摀起了臉。

「我不是說了，我問什麼你們答什麼，誰想聽你這小子廢話連篇！」穆婆婆斥罵幾聲，跟著望向青蘋。「妳就是那孫小海的外孫女？」

「孫……小海？」青蘋先是一愣，跟著欣喜地說：「您……您真是我外公的老、老……老朋友！我外公要我來找的人真是妳？」

穆婆婆就是孫大海的「老相好」這件事，本來也只是夜路在聽完青蘋敘述後的推測，大夥可都沒有認真看待。畢竟「老相好」這三字，出自英武之口，眾人對於一隻鳥是否真能明辨「老朋友」和「老相好」之間的差異可有所保留；又或是孫大海自個兒的吹噓誇口，也未能得知。

直到此時，青蘋聽穆婆婆稱孫大海作「孫小海」，想來是有一定交情下的暱稱，這才驚覺這推測原來真有一定的真實度。

「原來妳知道妳外公要妳來找老太婆呀！」穆婆婆聽青蘋那麼說，皺起眉頭，重重拍了桌子，怒叱：「妳這小丫頭好大的架子呀，妳外公說妳是『圈外人』，什麼都不知道；他說他派隻鳥誘妳來車站，求我去接妳。既然妳知道該來找我，怎麼拖拖拉拉這麼多天，妳知道老太婆這些天一有空就去車站等人嗎？」

夜路先前雖然透過協會成功聯繫上穆婆婆，但當時眾人忙著華西夜市紛擾，一聽穆婆婆也沒有孫大海消息，便也未對穆婆婆說明太多前因始末。

「穆婆婆，之前……我們向您打聽孫大海的下落時，確實有告訴您青蘋正接受協會保護，要您別太過擔心呀……」夜路怯怯地辯解。

「哼，受協會保護？虧你說得出口。」穆婆婆冷冷地說：「這些天我接了幾通協會電話，每次都不同人，老太婆問打電話的人怎又換了，結果不是死了就是失蹤！你們現在泥菩薩過江，自己都保不住了，還想保別人？」

「嗯。」夜路點點頭，轉身皺眉對著奕翰連連搖頭，說：「穆婆婆說得確實有道理，整件事情都要怪你們協會不爭氣，有全世界政府在背後撐腰、提供金錢跟資源，結果連一個小小的黑摩組都搞不定，拖累我們整個日落圈子，唉，你……」

夜路還沒說完，臉上又捱了穆婆婆擲來的一包零食。

「小王八羔子再插嘴，老太婆就丟別的東西了。」穆婆婆探直身子，從身旁架上取下一瓶鋁罐飲料，托在手上秤了秤，揭開來喝了兩口，雙眼瞪著夜路。

「……」夜路摀著臉，連連點頭，再也不敢吭聲。

「穆婆婆……」青蘋見穆婆婆惱怒，連忙起身鞠躬解釋：「這陣子我都跟在他們身邊，協助他們進行任務，走一步算一步……不是要故意拖延時間，況且……我一直希望能找到我外公，我無法拋下他自己逃跑……」

「哼哼。」穆婆婆乾笑兩聲說：「不枉那臭小子風流一輩子，有個孝順的外孫女，他大概也無憾了，可以走得安心了。」

「穆婆婆，妳這樣說……是什麼意思？」青蘋聽穆婆婆這麼講，不由得頭皮發麻，倒吸了好大口冷氣，問：「您不是……沒有我外公的消息？怎麼講得他好像已經……」

「我是沒他消息呀。」穆婆婆沒好氣地說：「那小子從頭到尾，就只給老太婆打過兩通電話，講得不清不楚！第一通電話打來時，要我去車站等他，說他一切安排好了；隔兩天又打電話來，哭哭嚷嚷講些瘋話，說什麼自己要死了，這輩子就只剩個外孫女，要老太婆無論如何也幫忙照應她。」

「然後……」青蘋吸著鼻子問。

「然後。」穆婆婆搖搖頭。「就沒消息啦。」

「……」青蘋身子微微顫抖起來，心想倘若按照穆婆婆說法推斷，孫大海可確實遇到不小麻煩。

夜路和盧奕翰，同時伸出手，想拍拍她的肩，但她左右肩膀上各站著英武和小八，他們只好一個拍了拍青蘋胳臂、一個拍了拍她的背。

青蘋微微低下頭，捏著拳頭、咬著下唇，盯著自己腳尖，努力不讓眼淚落下。

「情況未必眞那麼糟。」盧奕翰突然說：「這幾天黑夢擴大，籠罩住整個台北，我們協會有專屬的通訊設備，所以不受影響，但一般的電話跟網路現在可能已經失效了，或許孫大海只是暫時無法對外聯絡，人不一定有事。」

「小丫頭呀，妳可別怪老太婆見死不救，不想辦法幫他。」穆婆婆哼了哼說：「一來

我得顧著我這破店，分身乏術；二來那小海其實不小了，他這輩子活得夠了、也舒服夠了，我答應替他看照妳，就得守在這兒等妳，老的跟小的，只能先顧小的。這也算是他的心願啦。」

「不……」青蘋抬起頭，吸了吸鼻子，說：「穆婆婆，我一點也沒有怪妳的意思。我是想，就算我外公眞的有個萬一，我絕對要替他報仇。」

「報仇？」穆婆婆瞪大眼睛，像是聽見了個笑話般沙啞笑了起來。「小丫頭，妳拿什麼向那些凶神惡煞報仇？」

「這個。」青蘋托起手上那神草黃金葛小盆栽，說：「這是我外公種出來的神草。英武說……我外公那些神草種子，是……是以前……在您的幫助下，才成功煉成的，我想您一定懂得許多操縱神草的方法……」青蘋支支吾吾地說：「我希望您能教我。」

「那些鬼種子是不錯喲，千奇百怪五花八門，用來打些小鬼小怪，在外行人面前逞逞威風、騙騙良家婦女、逗小妹妹開心是足夠啦。但要打那個……黑摩組是吧，我看是螳臂擋車吧。」穆婆婆乾笑兩聲，起身揚手打斷了青蘋的話，說：「那小子是怎麼說我的？」

「嗯……」青蘋先是一愣，然後搖搖頭。「外公從沒有和我提過日落圈子裡的事，我知道的……都是他們告訴我的。」青蘋說到這裡，望了夜路和盧奕翰一眼。

「穆婆婆您的事蹟，台灣日落圈子裡無人不知無人不曉呀。」夜路立時補充，他怕又捱打，只說了這麼一句便閉嘴。

「……」穆婆婆挑了挑眉，露出一副無所謂的模樣，從竹籐椅子裡站起，轉身走向小雜貨店後方廊道，還回頭向青蘋等人招了招手，示意要他們跟上。「好多年前的事啦，說清楚也好。」

青蘋等人互望一眼，紛紛起身跟著穆婆婆穿過那面串子簾子，走入昏黃小廊，小廊後方彎折曲拐，偶爾有些小櫃、有些門窗。

「外面那些人，不用管他們嗎？」盧奕翰儘管知道當他們踏進雜貨店時，便已經身處在穆婆婆結界裡，但仍遲疑地問：「他們要是硬闖進來……」

「你說外面那些壞蛋呀？」小八站在青蘋肩頭，嘎嘎叫著說：「你當婆婆的雜貨店是什麼地方，他們算什麼東西，婆婆才不怕他們進來，要進來就進來，我就等他們進來！哼！」

「可是……」盧奕翰還想講些什麼，一旁的夜路卻對他點點頭，說：「放心，這地方眞的很厲害，除非黑摩組那五個大駕光臨，不然單憑外面那些傢伙，眞的一點威脅也沒有。」

夜路在某次任務裡，曾經來過穆婆婆的雜貨店，領教過這雜貨店結界的厲害。

阿彌爺爺拉著他那箱寶貝書，跟在一行人最後頭，東摸摸西瞧瞧，露出一副歎爲觀止的神情。

阿彌爺爺是個百年老鬼，儘管也擅結界法術，但與世無爭，修煉的法術大都以好玩爲主，而非爲了戰鬥；他向來自豪自己那書庫結界裡頭機關重重，但一到了這雜貨店，才知道天外有天，這兒的防禦力量高過他那書庫結界太多倍了。

他們走出長廊，來到一處天井構造的中庭花圃。

眾人抬頭往上望，只見四周是約莫三、四層樓高的舊式建築；此時眞實世界的天色早已全黑，但這兒的天空卻是黃昏景致，幾團厚雲閃動著動人的橙紅晚霞。

青蘋知道這現象和那小蟲刺青店、花花幼稚園裡所見一般，是結界法術的特色之一，會呈現出與眞實世界截然不同的天色。

「我有好多窩。」小八自青蘋肩上飛起，嘎嘎叫地亂旋亂繞，先是飛至花圃一角一株樹的樹梢上，那兒有個小窩。「這是我的三號臥房。」跟著他又揚起翅膀，指向上方。

英武抬頭望去，只見上方那古舊建築壁面上，有好幾處大小鳥巢，造型都不一樣。

「全都是婆婆做給我的小窩。」小八飛回青蘋肩上，對英武說：「你呢？朋友，你住在什麼樣子的窩裡？」

「我啊。」英武歪著頭想了想，說：「我不知怎麼形容我的窩，其實我不是那麼喜愛睡鳥窩……我習慣睡人睡的床、吃人吃的食物、用人用的馬桶，喝的是逆滲透過濾水，平常看看電視書報；我家是個溫室，種著滿滿的花草，有一大堆奇奇怪怪的果子，有的吃起來像肉、有的吃起來像糖……唉，這段時間我反而過得很不習慣吶。」

以往英武替孫大海管理那整棟公寓花園，猶如私人莊園的大管家一般，孫大海在公寓裡頭囤積不少食物，加上滿屋植物果實，英武想吃就吃、想睡就睡，無聊也可以飛出屋亂逛，自由自在。

「吃起來像糖的果子？」小八像是聽見了有趣的事，不停追問那些植物。「朋友，我招待你來我家玩，你以後得招待我上你家玩才行呀，我也想吃吃像糖的果子。」

「我是非常願意。」英武又嘆了口氣說：「只不過，我家早已淪陷啦……現在許多大城小鎮，通通都淪陷了，都變成那些壞傢伙的鬼領地了。」他說到這裡，還補充一句：「朋友，你倒是很好，我先前碰到隻爛鳥，壞得要命，而且很噁心。」

「很噁心的爛鳥？那是什麼鳥？」小八好奇地問。

「是隻突變的白文鳥。」英武說：「生得跟鴿子一樣大。」

「跟鴿子一樣大的白文鳥！」小八不敢置信。「那眞的有點噁心吶。」

「我不是說他身體噁心。」英武氣呼呼地說：「是他打架的方法相當噁心，我差點被他弄瞎了！你知道嗎？他竟然——」

就在小八和英武討論神官的當下，青蘋等人已經跟在穆婆婆背後，走入一扇門。

門裡的模樣與先前那有著天井構造的集合式建築，以及更外頭的雜貨店又有些不同，是處老式民宅，裡頭有個簡陋的小客廳和一間臥房，臥房內部還有道門，通往一處庭院。

庭院不大卻應有盡有，有花有樹，還有處小巧的水塘。

永恆的夕陽穿過樹蔭在地上灑出點點金黃，那株樹不特別大，卻散發著渾厚的魄質；仔細一看，那樹底下圍著一圈磚頭，本來是口水井。

「啊……」青蘋望著那大樹和水井，立時取出她的筆記本，翻到了穆婆婆那一頁，脫口說出：「那就是，那位協會老前輩的，嗯……是穆婆婆您的……」

「妳倒眞知道不少事。」穆婆婆回頭望了青蘋一眼，也沒多說什麼，自顧自地走到樹蔭下一張躺椅坐下，順手取起一旁小木凳上的一把竹扇隨意搖了起來，望了青蘋一眼。

「妳還知道什麼？說來給老太婆聽聽，看有沒有別人鬼扯捏造出的屁話。」她這麼說時，還望了夜路一眼。

「穆婆婆，我對您可是相當欽佩的！」夜路連忙解釋：「我說的每一句關於您的事情，可也都是聽人說的，其中如果有跟眞實情形不一樣的地方，那肯定是有人亂傳，我之後一定幫您追究到底。」

「好啊。」穆婆婆乾笑兩聲：「老太婆先向你追究，你之後要向誰追究都行。」

夜路吸了口氣，還欲辯解，見穆婆婆彎腰伸手在地上摸石子，趕緊閉嘴不敢再說。

「我只知道……」青蘋托著筆記，走近那大樹底下，望了望古井磚牆內側，只見裡頭早已塡滿了土，此時看去，便像個圈住了大樹的花圃圍牆般。

「您在年輕時有個情人，他是靈能者協會的一員。」青蘋悠悠地說：「有一年他接了個任務，要阻止群魔占據一處能夠湧出天然魄質的古井。」她說到這裡，低下頭，伸手觸了觸那水井磚牆邊緣。「他戰死了，葬身在這口井中。」

就是這口井。

「後來，您來到這井邊，想招回他的魂……」青蘋繼續說：「但一直沒有成功，您就一直沒有離開。」

「是呀。」穆婆婆點點頭。「怎麼都招不著他的魂。」

「他們說……」青蘋望了盧奕翰和夜路一眼，說：「您先在井邊搭了個棚子，後來蓋起了茅屋，又變成了磚屋，最後……變成了現在的雜貨店。」

「哈哈哈，小丫頭說的好像一眨眼的事，其實有幾十年呀。」穆婆婆沙啞地乾笑，然後長長吁了一口氣，又說：「只是現在回過頭看，也眞是一眨眼沒錯呀……」

「這些年中……還是有一些妖魔鬼怪，想占這口井。」青蘋繼續翻著筆記，說：「您建立起一個強大的結界，爲了就是保護這口水井。」

「哼，我老太婆沒那麼了不起，光憑我的力量，豈造得出這樣一個結界。」穆婆婆揮了揮手，說：「這結界的力量，全來自那口井和那老樹，老太婆只懂得指揮罷了。」

「所以……」青蘋望著那棵大樹，轉頭問：「大家都說，這樹就是您那情人，說有可能是您長年不離不棄，使得那情人的魂魄轉移到了這樹裡……」

「唉呦喂呀，肉麻死啦，小丫頭妳連續劇看太多啦。」穆婆婆哈哈大笑了好半晌，之後才停下，吁了口氣，抹了抹狂笑後泌出的淚水，說：「本來人人都以為那死鬼的魂沒得救了，都說他早已魂飛魄散，要我別守在這兒白白浪費時間。」

「在碰上妳那無賴外公之前，連我也這麼覺得。」穆婆婆哼哼笑著說。

「呃……」青蘋聽穆婆婆稱她外公「無賴」，一時也搭不上話，不知該說些什麼。

「妳摸摸那大樹。」穆婆婆這麼說。「感覺得出什麼？」

「嗯？」青蘋呆了呆，伸手往大樹那樹身上輕輕一按，起初什麼也沒感覺出來，正回頭望向穆婆婆，掌心卻突然有所感應。

有股濃醇厚實的魄質，猶如人體心跳般在青蘋手上突動了幾下。

「哇！」青蘋縮回了手，抬頭望向那茂密的枝葉，只覺得那樹幹上魄質流動感，竟與她操使神草黃金葛時的感覺如出一轍，只是強烈了百倍、千倍不止。

「這棵樹，就是用妳那無賴外公的種子種出來的。」穆婆婆咧嘴笑著說，躺在躺椅上，輕搖著竹扇。

小八進來這地方後，便不再停在青蘋肩上，而是帶著英武到處飛繞，介紹他那建在各處的行宮鳥巢；英武瞧得新奇，卻倒也不太羨慕——他還是比較懷念過去在孫大海那花園城堡裡當堡主的日子，可以在人類大床上翻滾，而不是窩在小巢中當鳥。

「當時妳外公沉迷修煉那些祖傳神草種子，四處蒐集奇花異草，再用家傳法術培育新種，還到處蒐集鳥糞，製造特殊肥料。」穆婆婆說：「他找到了我這口井，覺得那井底泥或許可以拿來種東西，便非要下井取泥，最初他軟硬兼施，求了我五、六次，都被我打跑。」

青蘋瞪大眼睛，她可從未聽孫大海提過這些事。

盧奕翰和夜路自然也不知道這段過往，他倆一個抱膝望天、一個盤腿坐著，都聽得出神。

那年穆婆婆尚不到四十，守著古井也有幾年了，住在井旁一間茅草小屋裡，還在那古井四周以竹竿和符籙布下嚴密陣勢，以防居心不良的術士或是惡鬼邪魔入侵。

在那時候，孫大海自然也被穆婆婆認定是居心不良的傢伙之一。孫大海那時三十出頭，好動愛玩，一刻也靜不下來；長年四處抓蟲逗鳥、採花養草，外加和世界各地的女子調情。

他覬覦這古井的井底泥，前兩次敲門拜訪討泥，都吃了閉門羹；跟著他試著偷泥，但他只會種花種草，對那些奇門異術的修爲自然遠不如能和大妖作戰的穆婆婆，他每次都躲不過穆婆婆設下的警戒符陣，不是被符術整得哭天喊地，就是被穆婆婆痛毆一頓。

穆婆婆脾氣暴躁，倒也並非凶殘好殺，她知孫大海只是無賴，不是邪魔，揍他時也總是手下留情，並未取他性命，只是將他打得半死。

孫大海仗著自己那些家傳奇異果實的治癒療效，每次被打得傷痕累累，也總是能在十來天後快速復元，再想新的竊泥計畫。

那口井吸引到的傢伙，自然並非孫大海一人，也有更多邪魔外道，企圖占據那口溢散魄質的井，進而修煉成凶魔。

那是個無星無月、飄著細雨的深夜，孫大海展開他新一次竊泥計畫的正式行動。

在這晚的前兩週，他對穆婆婆聲稱自己決定放棄那井底泥，即將遠赴他鄉旅行。他對著穆婆婆單膝下跪，獻上一束花，爲自己這數個月來的騷擾鄭重致歉。

穆婆婆當場將那束花捏得稀爛甩在他臉上，再轟隆一聲砸上門。

然後他整整兩週都未生事，在更遠處觀察穆婆婆生活起居，直到那夜的前兩日，他察覺到穆婆婆的作息變得不一樣了，出門時間增多，晚上熄燈的時間也提早了。

他覺得機會來了。

儘管他法術再怎麼不如穆婆婆，但接連被同樣的符陣整了十數次，總也瞧出了某些門道。他準備了多種植物異術和替身草偶，胸有成竹，覺得自己這次肯定可以成功穿過那符陣竊得井泥。

但他不知道的是，穆婆婆這幾天作息改變，並非是鬆懈戒備，反而是在計畫新的防禦陷阱，且目標也並非孫大海，而是幾個四指成員。

孫大海就在不知情的狀況下，比四指成員還早了數十分鐘展開竊泥行動，他派出幾隻經過符法調教、訓練有素的蟲兒揹著片片花瓣，爬上那些竹竿，將能夠使符籙失效的花朵漿汁，抹在那些符咒上。

他終於鑽過了竹竿符陣，逼近井邊，取出一大圈長藤，那長藤蛇一般地滑溜靈巧，其中一端捲上孫大海腰際，另一端纏住古井周圍。

孫大海便這麼靠著那條長藤，翻入井中，踩著壁面往下。

那古井有十數公尺深，他下鑽到一半時，便聽見井外那一陣又一陣的鬼哭狼嚎聲——是四指發動進攻的號令。

嚇傻了的孫大海，只能一動也不動地僵在古井中段，只以爲自己天衣無縫的竊泥行動，終究還是被穆婆婆識破了。他並不知穆婆婆早和協會援軍在更外圍布下了天羅地網，和四面進犯的四指展開大戰。

廝殺、戰鬥聲逐漸進逼古井，四指這批人馬比穆婆婆預想中強悍許多，前來支援的協會成員一一敗退，穆婆婆隻身一人從外圍退守至符陣、又退至井邊。

孫大海正唉聲嘆氣地盤算著這次要是又被打斷了手腳，該內服什麼果實、外敷什麼葉子的當下，只聽井口傳來穆婆婆的怒叱尖叫，嚇得雙腿一軟差點要往井底墜去。

他抬頭往上望，只見井口黑影晃動、符光閃耀，一時還不知發生了什麼事，便見到一個大影自井口落下。

穆婆婆被打落了井。

穆婆婆身形瘦小，但落在孫大海身上的力道，還是將他撞得持續往下墜，一路墜到井底。

「我那時本以爲自己死定啦，誰知道半途撞到個無賴，給我當了墊背。」穆婆婆說到這裡，笑得合不攏嘴，伸手拍著大腿。

孫大海被穆婆婆撞得墜下數公尺，重重摔在井底泥灘中，兩隻腿的腿骨都給摔斷了，痛得哇哇大叫，眼淚都流了滿臉。

穆婆婆見自己這一墜竟沒重傷，倒也驚奇，立刻施展符法和自井外攀入井中的邪法異獸展開大戰。她在井邊長住多年，對這井中的魄質比任何人都要熟稔，早已練出數種能夠將這古井魄質轉爲己用的法術。她雙腳踩在井泥裡，像是插頭插在插座上一般，使出的符術威力比在外頭強大數倍，甚至能使用結界術，將整座井裡空間變成對自己有利的戰場，各式各樣的破磚、土石、水滴都成了穆婆婆井中結界的神兵利器，將一頭頭受四指指揮的凶獸全給打飛出井。

好幾個四指成員逼近井邊，朝著裡頭連放惡術，也奈何不了穆婆婆。

然而，外頭有四指成員守著，穆婆婆卻也脫不了身，只能和摔斷雙腿的孫大海大眼瞪小眼。

她只不過隨意伸指在孫大海胳臂上一擰，孫大海便唉聲求饒，將自己的竊泥計畫全盤托出。穆婆婆儘管對他這些時日來的騷擾惱火到了極點，卻也未再多下手揍他，畢竟倘若不是孫大海斷這兩條腿當她座墊，她直接墜底受了重傷，即便一時能靠著大井魄質擊退進犯四指，時間拖長了也撐不住。

他們在這井底一待就是好幾天。

四指成員攻不下來，他們也上不去。

到了第五天，情勢發生了變化。

井裡長出了一些植物。

那是孫大海帶在身上的異草種子，是些尚未煉成神草的半成品，在井底豐厚魄質的養分供應下，生長速度突飛猛進。

同時，在那幾天裡，穆婆婆對孫大海的態度也有了改變，她不再將孫大海視爲不懷好意的江湖術士，而是將他當成了合作夥伴。

「因爲妳那無賴外公呀……」穆婆婆說到這裡，頓了頓，瞅著青蘋瞇起眼睛，哼哼地說：「撒了個謊騙我。」

「他……怎麼騙妳？」青蘋不解地問。

「他說他煉這神草種子，是爲了尋他父親的魂。」穆婆婆這麼說：「直到後來他才承認，他父親——也就是小丫頭妳曾外公，那時候根本還活著！妳說，妳外公是不是無賴？是不是王八蛋？」

「……」青蘋無言以對，只好默不作聲。

孫大海在墜井斷腿的第二天，爲了拐騙穆婆婆施術替他治腿，便編了個謊話。他從這兩天與穆婆婆有一搭沒一搭的閒談中，得知穆婆婆長年守著這古井，是爲了守護那數年前戰死井裡的情人魂魄，便謊稱自己修煉神草種子，也是爲了尋覓過世父親的魂魄。

他聲稱一旦神草種子煉成，將之種入故人葬身之地，便能將四散的魂魄慢慢集結凝聚至種子裡頭，最後隨著神草生長發芽，長成花草植物，讓魂魄不致於煙消雲散，而能夠寄生在植物中持續修煉，或許有一天能夠煉出魔體，轉生重臨人間。

孫大海法術練不到家，但一張嘴能言善道，對女人更有一套；穆婆婆見井中那幾株奇異植栽在孫大海驅使之下，猶如活物般靈巧，便也深信不疑。

兩人便在井中達成了協議，這些天倘若能夠戰勝井外那些四指成員，離開這古井，便合作修煉這神草種子。

穆婆婆除了精通結界法術，也熟稔操使這大井魄質，孫大海則懂得各種植物法術，兩人如果合作，再加上這古井裡源源不絕的魄質和底泥，或許眞能煉成神草。

自然，穆婆婆的條件是孫大海要分她一枚種子，助她種出神樹。

這條件對孫大海而言再便宜也不過，他想也不想便答應了。

由於孫大海那幾株植物吸取了古井魄質，因此穆婆婆也快速學會了操使方式，和孫大海一同指揮那幾株植物，使其狂生竄長，伸出井外胡亂鞭打。

那些植物在深厚如海的井底魄質加持下，儘管不能一擊造成敵人巨大傷害，但卻能斷了又長，生生不息。

那些四指成員久攻這古井不下，又得知協會援軍開始集結推進，終於放棄包圍古井，全軍撤退。

「後來，協會派人來，替我蓋了間磚屋，我和那孫小海住在一起，花了將近一年，終於煉成了一批神草種子。」穆婆婆這麼說。

夜路和盧奕翰聽到這兒，相視一眼，儘管未說出口，但兩人心裡想的都是穆婆婆和孫大海原來相處過這麼長一段時間，當時他們一個血氣正盛、一個孤寡多年，漫長的過程中有著共同目標，慢慢產生了感情，想來也十分正常。

穆婆婆見夜路和盧奕翰偶爾互瞧、擠眉弄眼，哼地扔了塊石子過去，說：「怎麼，兩個小王八蛋想些什麼？不敢在老太婆面前講呀？」

「老太婆這輩子沒做過不能見人的事！確實有段時間，我和那小無賴倒眞是要好，要好過頭了喲——」穆婆婆沙啞笑著說：「我起初守著那井，只是賭氣，可從沒想過要爲這老樹守一輩子活寡；那些年下來，有時累了、有時倦了、有時突然覺得搞不清楚自己究竟在幹啥……有時碰上了不錯的男人，也是會心動，可惜老太婆後來也沒能眞正碰上個好傢伙。這輩子碰上最好的傢伙，一個是獨斷獨行的混蛋、一個是風流滑頭的無賴。」

穆婆婆說到這裡，站起身來，來到老樹底下，伸手在那老樹上拍了拍。

「我也不知道那傢伙的魂究竟有沒有長到這樹裡，以前有很長一段時間，我已經放棄了，只當孫小海那無賴又騙了我一次。」穆婆婆繼續說：「但不知怎麼地，這幾年這老樹聰明許多，像是能夠懂得我的心意，也不知道是那傢伙的魂眞煉得豐厚了，還是老太婆的法術進步許多，不知不覺便能指揮老樹隨我心意行事了。」

青蘋等人聽到這裡，總算知道了當初孫大海那些神草種子的由來，以及和穆婆婆的那段往事。

穆婆婆雖然沒有直接提及他們究竟「要好」到了什麼程度，但當中曖昧不言而喻。

後來神草種子煉成，孫大海將之種入井中，兩人了卻各自的心願、合作告一段落；穆婆婆將希望轉移到土裡的種子，孫大海雲遊四海的玩心漸盛，天下無不散的宴席，在一個大雨過後的清晨，兩人笑著道別。

穆婆婆開始了長年累月的結界堆築，守護井底那新生的神樹芽；孫大海則展開了新的旅程，尋訪新的花草蟲鳥和新的相好。

05身體裡的狐

「賊呼呼地看什麼?」硯先生扠著手盤腿坐在一張單人沙發椅上，睨眼盯向正望著門外的張意。「你想逃呀?」

張意連忙搖頭，說：「我是怕……黑摩組那些人又帶著幫手過來……」

「帶著幫手又怎樣了?」硯先生哼哼地說：「我誰也不怕。」

此時硯先生那沙發面前，擱著一張小桌，桌上堆著些零食。張意、孫大海、長門、夏又離便圍著那小桌坐成一圈，無言地你看看我、我看看你。

不久之前硯先生逮著那被硯天希附體的夏又離，卻喚不出他身體裡的硯天希，氣得吹鬍子瞪眼睛，孫大海和摩魔火好聲好氣半哄半騙地說服硯先生，找個遮風擋雨的空屋讓大家好好把話講清楚。

「你剛剛說你是啥來著?種草人?」硯先生盯著孫大海，他的腿上擱著一本隨手從空房撿來的筆記本和原子筆，像是警察辦案般輪流盤問眾人，還不時將口供寫下，像是作筆錄一般。

硯先生雖然聲稱自己一點也不受「壞腦袋」影響，想來就來、想走就走，但他一堆古怪行爲舉止，卻和那滿滿自信有些不符——他的握筆方式猶如嬰孩抓著一支棒子，正經八百地在筆記本上胡亂撇著，但過不久他再看，卻又發愣半晌，像是認不出自己究竟寫了什麼。

「是……」孫大海點點頭。「我是種草人，我將我種的草，賣給靈能者協會當作草藥或是製成符咒。」

「靈能者……協會？」硯先生問：「這名字聽起來有些耳熟，那是幹啥的協會？」

「那……是專打四指的協會。」孫大海知道這縱橫日落圈子裡的硯先生，自然不可能不知道靈能者協會，他只能假定硯先生確然也受到黑夢影響，心智退化許多，敘述事情時便盡量簡潔明瞭。「四指那些傢伙都是壞人，他們……」

「四指！我知道四指。」硯先生眼睛一瞪。「他們把手指斬下，放進活物嘴裡，將魂魄封進指中，再接回手上，便能使用指魔之力啦！好玩，真好玩！」

「啊呀！」硯先生說到這裡，像是想起了極重要的事，摸了摸口袋，掏出兩枚戒指，盯著那戒指說：「原來這戒指就是那小妹用來封印指魔的東西，我怎麼會忘了呢？我腦袋不靈光啦？我好像忘了許多事……」

他自嘲地乾笑兩聲，盯著手上那戒指看了半晌，突然問孫大海：「那小妹妹上哪去啦？我還要問她這戒指怎麼用呢。」

「小妹妹……」孫大海聽硯先生數次提及那戒指主人身手，知道必定是黑摩組核心人物。他知道黑摩組核心五人爲三男兩女，其中那邵君身形比一般亞洲男人還來得高大，另一個女孩莫小非外表倒是和少女偶像一般可愛漂亮。硯先生口中的「小妹妹」，想來該是指莫小非了。

「這大概是莫小非的戒指。」孫大海說：「每個四指成員都戴著一枚戒指，用來封印指魔；但聽說黑摩組那些傢伙，可以同時使用好幾隻指魔的力量，他們每個人都戴著滿手戒指。」

「原來那小妹妹叫莫小非吶。」硯先生捏著那戒指左看右看，又放回口袋裡。「這是我從個小妹妹手上借來的，她氣壞啦，整張臉變得像鬼一樣，要跟我拚命。我本來要還她的，看她那樣兒，我就不想還她啦。」

原來那時硯先生嗅著硯天希的狐魔魄質，一路尋到華西夜市，還混入了那夜市住民大會裡和眾人一同與會。當時各路四指殺手齊聚一堂，討論封鎖線計畫。

沒有人想像得到，黑摩組五人之一的莫小非竟也現身其中。

儘管四指殺手聲勢浩大，但莫小非一催動黑夢力量，那些四指殺手各個心神喪失，自相殘殺起來。

莫小非猶如站在群鼠間的貓大王一般，逗弄著青蘋等人，但偏偏硯先生出來搗亂，惹得莫小非發怒，全力攻擊硯先生。

「你們都沒看到，生得那麼可愛的小妹妹，一轉眼變得像是厲鬼一樣呀！」硯先生站在沙發上，手舞足蹈、擠眉弄眼地述說在那大禮堂裡發生的激戰。

當時一口氣摘下好幾枚戒指的莫小非，數隻指魔同時催動出的巨大魄質，將整個華西夜市俱樂部結界震出了一道道裂縫。

儘管如此，莫小非還是傷不著硯先生一絲一毫。

硯先生那矮小的身子裡蘊藏著巨大力量，同時動作快得如光如電，屢屢避開莫小非那一記又一記彷彿能夠劈天裂地的影子斬擊，或是隨手格開那些好似能夠將山崖轟出巨坑的影子巨拳。

硯先生見莫小非手上還有兩枚戒指，便逮著機會竄到她身邊，替她摘下最後兩枚戒指。

「她被我拿走戒指，可氣壞了，發出那尖叫聲好嚇人呀……」硯先生說到這裡，坐了下來，按著胸脯說：「我從沒聽過那麼嚇人的鬼叫，先是尖銳，後頭又變成低啞啞的虎吼，一聲接著一聲，吼得整個大廳都在震動、吼得我心煩氣燥，不好玩，我就溜走了。」

「要是讓其他朋友知道，要說我欺負小女孩了呢。」硯先生說到這裡，將戒指塞回口袋，說：「所以我碰到人就問這戒指，想找出那小女孩，將戒指還她。」

「大前輩，千萬別還她呀！」摩魔火忍不住說：「那莫小非壞透了，她跟剛剛動手打你的那小子是同伴，他們都是壞蛋呀。」

「他們怎樣壞啦？」硯先生問。

「他們搞出這……壞腦袋，將整個城市鬧得天翻地覆，將所有人的腦袋都搞瘋啦。」摩魔火說：「光是這樣，就夠壞了。」

「這也沒什麼。」硯先生哼了哼，說：「你又不是人，怎地淨幫人說話？這許多地方以前不是樹就是草，人來了之後，砍了那些樹，蓋起水泥房子，本來住在樹上、躲在草裡的動物，不也給人弄死成千上萬嗎？」

「這……」摩魔火一時啞口無言，他是修煉成魔的蜘蛛，早已通人性，跟在伊恩身邊多年，用著和人同一套的對錯判別方式，此時聽硯先生這麼說，儘管覺得有些牽強，卻也難以反駁。

「前輩……」孫大海接話：「黑摩組四處搶奪我們日落圈子裡每個異能者的家傳寶物，不從就殺。他們與所有人爲敵、想一統天下，我們只能選擇當他們手下、或者當他們敵人。像是前輩您一定不願當他們手下了……」

「這樣就有點壞了。」硯先生扠著手，他是千年大狐魔，並不把人放在眼裡，因此聽摩魔火說黑摩組殺人，也絲毫不以爲意；但他自己身處日落圈子之中，整個圈子裡倒有不少老友舊識，此時聽孫大海說黑摩組如此迫害日落圈子裡異能者和大妖大魔，這才產生了些同理心。

「不過也不只有當他們敵人或手下兩個選擇。」硯先生說到這裡，哼哼一笑，說：「也可以當他們大王，黑摩組頭目有我厲害嗎？」

「這……」摩魔火和孫大海相望一眼，不禁心生恐懼，都想倘若這大狐魔竟要和黑摩組站在一塊，那末日或許要加速來臨了。

「那當然是大前輩你厲害啦。」孫大海說：「那黑摩組的頭目再怎麼狂妄自大，也只是個年輕小輩，怎麼比得過前輩你的千年修行。」

「黑摩組安迪。」夏又離本來安靜聽著眾人發言，此時突然打岔，說：「硯先生……安迪和天希有深仇大恨，天希無時無刻都想向安迪報仇，您……您就是天希的父親，對吧，您……」

所有人的目光看向夏又離。

「我有說你可以說話嗎？」硯先生盯著夏又離。

「……」夏又離陡然閉嘴，不敢再說。

「好吧，你說。」硯先生說：「不過你得先講清楚，你是怎麼跟我女兒勾搭上的？」

「這……」夏又離抓了抓頭，像是一時不知該何說起。

又是一段漫長的故事。

當時的夏又離是個重考生，但他對書桌上那堆積如山的書本一點興趣也沒有，對學校和早已失和多年的父母期許自己走向的人生道路同樣一點興趣也沒有。

每當他百無聊賴之際，便會進入家中的儲藏室，翻找過去一些舊照片，緬懷一下和古板父親截然不同的叔叔夏士傑。

有一天，他從儲藏室翻出了一本筆記本，那是他叔叔夏士傑生前的記事本。

記事本裡記載著一種奇異法術，是一種將魄質凝聚至掌心，化出黑墨，沾點之後畫出千變萬化的符術——

「墨繪？」硯先生聽夏又離敘述至此，忍不住打岔，豎著大拇指指了指自己。「那是我發明的。」

年輕時的夏士傑，也曾是日落圈子裡一個異軍突起的新興異能者。

他和黑摩組頭目安迪曾是極要好的朋友。

也都是四指成員。

夏士傑和安迪為了狩獵一隻山魔，同行上山。年輕氣盛的他們，卻不敵那剽悍山魔，差點喪命山中；在危急的當下，一隻狐魔現身相助，驅走山魔，救了夏士傑和安迪一命。

那母狐魔三百餘歲，化成人形時美艷非凡。

她擅作主張，替夏士傑驅走了囚禁在無名指裡的指魔，且教導他們墨繪術。

母狐魔的名字叫「千雪」。

是硯天希的養母。

夏又離身體裡的小狐魔硯天希，則是硯先生在一個世紀以前，某次極惡劣的惡作劇之後的結果。

那年硯先生殺了一個人類，還化作那人的樣子，和那人的未婚妻成婚，生下了半人半狐的硯天希。

硯天希生母在生產的過程中難產而死，硯天希則輾轉被硯先生劫走。

硯先生事後儘管有些後悔自己開出這惡劣玩笑，卻也無意費心照料硯天希，便厚著臉皮尋訪他每個情人，拜託她們當硯天希的乾媽。

硯天希便這麼被狐魔千雪摟進了懷裡，視如己出，母女倆在山中生活了近百年。

「哼。」硯先生聽夏又離敘述那狐魔千雪不但救了他叔叔夏士傑和安迪的性命，還收留他們、助他們養傷，甚至將自己發明的墨繪術傳授給夏士傑和安迪，不禁露出不悅的神情。「哎喲！那騷狐狸，我不過幾年沒見她，便勾搭其他男人呀，好傢伙，哼！」

夏又離、孫大海等人自然無法同意硯先生這番自私評論，但此時卻也不好講忤逆他的話，只能彼此透過眼神表示無奈。

「那騷狐狸和兩個人類後來幹啥啦？」硯先生催促著夏又離。「你快說。」

「千雪阿姨後來……」夏又離面露難色。「被四指抓走了。」

「什麼？」硯先生眼睛瞪大，嘴巴大張，不解地問：「四指抓她幹嘛？」

夏又離搖搖頭，說：「我叔叔在千雪阿姨的影響下，決定脫離四指，全心學習墨繪術。但那個安迪不安好心，他還記著原本的任務，暗中通風報信，引來四指成員圍攻千雪阿姨……」

夏士傑和安迪原本的任務，是狩獵一隻強大的山魔，準備將之獻給他們當時的頭目鬼眼強。後來狩獵山魔失敗，安迪便轉而盯上道行更高的千雪。安迪腦筋好、口才極佳，善良的千雪對安迪一點也沒有防備，便這樣中了安迪設下的陷阱，被四面包抄的四指成員團團圍攻。

千雪在危急之際，將身中毒咒的硯天希託付給夏士傑，並助他們逃跑下山。

當夏士傑帶著重傷的硯天希回到人類市街時，硯天希的壽命已經接近終點，她那百年魔體幾乎要被毒咒侵蝕殆盡了。

夏士傑在別無選擇的情況下，使用了尚未練熟的養魂咒術，將硯天希的魂魄封印進了侄子夏又離的身體。

小狐魔硯天希就這麼窩進了夏又離的身體裡，一待就是十年。

「當時我叔叔在情急之下，使用『養魂術』，將天希封入我體內，讓天希躲在我的身體裡養傷。順利的話，天希會在煉出新生魔體之後，逐漸甦醒，自行離開我的身體。」夏又離繼續說：「但是我叔叔的養魂術，用得……不是很成功，天希提早醒來，魔體也修煉得並不順利……又過了一段時間……」

當時翻出叔叔筆記本的夏又離，由於體內硯天希的力量逐漸強大，而漸漸受到影響。他看見筆記本裡，當年夏士傑使用特殊藥水寫下的墨繪術筆記。

本來對這個世界一切都不感興趣的他，一頭跌入了神祕法術的世界，且循著筆記本裡的點滴記事，找到了當時四指一個秘密聚會場所，認識了安迪，以及黑摩組其他核心成員，且加入他們。

「哇靠，所以你……」張意忍不住插嘴。「你以前是黑摩組成員！」

「不！我……」夏又離連連搖頭，他感到張意頭上那紅色蜘蛛，和張意身旁那持著三味線的女孩，對他發出了一種壓抑的殺意，連忙舉起雙手，說：「我……我早就退出了，我的手指是『乾淨』的！」

「夏又離和硯天希現在可是協會的好幫手呢，這一兩年幫協會打跑不少四指壞蛋，他和我們站在一起的。」孫大海知道長門和摩魔火所屬組織晝之光，是從靈能者協會分裂出來的激進團體，晝之光成員人人都和四指有著血海深仇，他們的終極目標，就是殺盡世上所有四指成員。此時即便他們知道夏又離有著一段特殊遭遇，但聽他親口述說自己與黑摩組頭目安迪的相識經過，還曾經加入黑摩組，自然而然地便流露出異樣情緒。

「你說……」硯先生扠著手、歪著頭，也不知究竟有沒有把夏又離的敘述經過和眾人間的對話聽進去，他緩緩地問：「你說那騷狐狸被四指抓走，你知道她被抓去哪了嗎？」

「安迪應該知道……」夏又離說：「他們上山獵捕山魔，是為了獻給他們老大鬼眼強，千雪阿姨大概早已成了鬼眼強修煉力量的祭品了……天希醒來之後，發誓要殺了安迪，替千雪阿姨報仇。」

硯先生哼地一聲從沙發椅上跳下，揹著手走到角落，踱步半晌，蹦上一張小凳，蹲在小凳上望著牆發愣。

眾人也不曉得硯先生此時心裡究竟想些什麼，也不敢問，只能繼續交換彼此所知情報。

「什麼……」夏又離聽孫大海簡單地介紹了張意和長門之後也不禁咋舌，這才知道眼前這看似輕浮油滑的張意，竟是畫之光老大屬意的接班人；而那看來瘦小柔弱的長門，則是畫之光老大養女，且是令四指成員聞風喪膽的夜天使隊成員。「你說……安迪展開了一個結界，籠罩住整個台北，連畫之光都……全軍覆沒？」

「沒有全軍覆沒！」摩魔火氣呼呼地說：「伊恩老大就在我們身邊，等他醒來，就是我們全軍反攻的時刻——」

「等他醒來？他現在在哪裡？」夏又離不解地問，見張意伸手指了指揹架上那截斷手，一時還沒會意。直到聽了孫大海後續說明，這才知道原來那大名鼎鼎的畫之光頭目伊恩，竟也中了安迪毒咒，身體被百鬼占據。費盡千辛萬苦，才將魂魄轉入手裡，等待復甦。

「一覺醒來，協會台北分部跟晝之光都……」夏又離像是一時還無法接受眼前這驚天動地的情勢變化。他緩緩起身，無助地踱步，拉著領口搧風，偶爾低頭對著胸口低喃幾句，卻也得不到身體裡天希的回應。

「那我們接下來……該怎麼辦？」張意抱著膝，望著長門和孫大海。

長門聽完神官翻譯，撥弦讓神官回答：「父親之前要我們往西走，離開黑夢，想辦法聯繫其他夥伴。」

摩魔火本來斷言三、五日內會很安全，聲稱黑摩組都將力量集中在外圍，結果不但撞上夏又離，還引來了宋醫生和硯先生。

「對……」孫大海也點頭說：「無論如何，還是得先離開黑夢，才能進行下一步……在這地方，什麼事也辦不成……」

「在黑夢裡能打電話嗎？」夏又離突然問：「我想知道我那幾個協會朋友現在的情形……」

「有時可以，但也不確定是不是眞打給了你要找的人……」孫大海無奈地解釋。這些天他們有時會在沿途撿到手機，或是在空屋裡翻出室內電話，隨意撥話大都能通，但對話那頭的聲音混雜錯亂，甚至是奇異的呻吟或是妖言鬼語。

「我知道協會有一些能夠在特殊情況下使用的通訊設備。」夏又離說：「我有個朋友叫盧奕翰，他是協會正式除魔師，我們可以試著和他連絡……」

「我們可以『試著聯絡』的人多的是呀，就不知誰還活著，誰已死啦。」孫大海苦笑地搖搖頭。「不管要聯絡誰，我們都得先離開這鬼地方。」

06久違的正餐

一盞小油燈掛在廚房外的小廳天花板上，小廳正中央擺著一張摺疊方桌，青蘋等人圍著那方桌。

從方桌往廚房望去，可以見到穆婆婆做飯的背影。

鍋爐旁有扇木頭小紗門，門外通往其他小庭院，庭院外豔陽高照，彷如盛夏午後。

那小紗門有時會吹來微風，將廚房那羹湯香氣一併捲入小廳。

咕嚕嚕的肚餓聲此起彼落，像是春雨後池塘的小蛙鳴叫一般。

「幾個小王八蛋死人吶，不會過來幫忙端菜嗎？」穆婆婆的叱罵聲從廚房飆出。

「她剛剛自己說不用小王八蛋幫忙的，現在又說我們死人……」夜路低聲向盧奕翰抱怨，他倆三步併作兩步奔入廚房，分別端出一個大鐵鍋和兩盤菜。

盧奕翰提著的那大鐵鍋裝著滿滿的雜炊粥，連鍋帶粥有好幾公斤重。

夜路端著一盤空心菜和一盤炒豬肝上桌。

穆婆婆嘟嘟囔囔地走出廚房，走至方桌入座，見到眾人各個瞪大眼睛，直勾勾盯著那鍋粥和青菜，便說：「怎麼，嫌老太婆的飯菜寒酸吶？」

「不呀，婆婆。」小八在一旁嘎嘎叫著：「他們快餓死了，英武說他們有好幾十天沒好好吃過人吃的東西了。」

「有這種事？」青蘋聽小八這麼說，瞇起眼睛瞪向英武——至少在阿彌爺爺書庫那幾天，他們三餐伙食都是由青蘋掌廚。

「餓了就快吃吧，小心別燙著。」穆婆婆搧了搧手，自個舀了碗粥，挾了點空心菜和幾片豬肝進碗裡，便起身走至角落，窩在竹椅裡自顧自吹起粥來。

穆婆婆結界許多房間都著相似的竹椅，每張竹椅旁都有堆著零食的小桌和小扇子。

眾人聽穆婆婆那麼說，立時毫不客氣地挾菜盛粥，一邊喊燙，一邊稀哩呼嚕地吃著熱粥。

那雜炊粥看來寒酸平淡，裡頭的肉絲、青菜、皮蛋、蝦仁都像是隔夜剩菜一般，但好吃得讓盧奕翰和夜路顧不得燙，大杓大杓舀進碗裡、再大口大口舀進嘴裡拚命呼氣。

一大盤空心菜和炒豬肝沒幾分鐘就給眾人扒了個一乾二淨。

「新朋友，我以為你吃不多，原來你食量不輸我。」小八見英武搖頭晃腦啄光兩碗粥，還想吃第三碗，便說：「要不要換個新吃法？」

「什麼新吃法？」英武問。

「重口味。」小八嘎嘎叫地振翅飛起，鑽入廚房揭開冰箱，兩隻爪子分別抓出一罐辣椒醬和一罐豆腐乳放到方桌上；跟著他飛進飛出好幾次，抓了滿爪大蒜、辣椒、青蔥出來全扔在碗裡。

夜路見小八將豆腐乳跟辣椒醬淋在那裝了半滿的蔥椒蒜上，這才抓著湯杓舀粥，便轉頭對穆婆婆說：「穆婆婆，您養的鳥在玩您辛苦煮的食物。」

「他玩他的，你吃你的。」穆婆婆不以爲意。

「我才不是在玩婆婆的食物，我是在補充彈藥吶，不吃飽一點怎麼開工幹活呀。」小八像是不同意夜路的說法，他裝滿了粥，提著湯匙在碗裡攪和半晌，攪得整碗粥溢出大半；他倒也不浪費，東啄西咬地將那溢出的粥和豆腐乳都吃了個乾淨，這才舀出一大杓，提至英武臉前。「朋友，試試。」

「不了……」英武搖搖頭。「我吃我自己的粥就行了。」

「好吧。」小八見英武推辭，也不以爲意，吸哩呼嚕將整碗加了大量辣椒醬、豆腐乳和蔥椒蒜的濃粥吃了個一乾二淨。

「穆婆婆，我能問妳一個問題嗎？」盧奕翰微微舉手，像是小學生提問一般。

「小王八羔子這麼拘謹做啥？有問題直接問呀。」穆婆婆扒著粥說。

「因爲怕您嫌煩呀。」夜路插嘴：「其實我們不是來白吃您的粥的，雖然這粥眞是好吃呀！」夜路說到這裡，又起身舀了一碗，坐下繼續說：「我們是來向您報告一件重要情報，可能穆婆婆您也早有所耳聞了吧。就是最近那令整個日落圈子裡所有大妖小魔、奇人異士，人人聞風喪膽的黑夢的種種內幕和眞相呀！」

「怕我嫌煩就別講些屁話，講重點行啦！」穆婆婆冷笑兩聲。「協會已經跟我提過那王八羔子結界的厲害啦，老太婆等著見識見識呢。幹嘛，想來勸我搬家呀，勸不成就在我家種點草對吧。」

「呃！」盧奕翰和夜路愕然相視，一時啞口無言。

「你們以爲老太婆長年窩在這破店裡，什麼都不知道是吧？」穆婆婆說：「老太婆這輩子可沒白活，至少我這臭脾氣沒有白白浪費，我看不順眼就打；那些從被老太婆打死打跑的傢伙們手下逃出來的老鬼小鬼們，總有些知恩圖報的，偶爾替我跑跑腿、打探點消息，也沒什麼，是吧。」

原來穆婆婆長年窩在這雜貨店，是爲了守護她那株老樹，一聽說有個結界又凶又惡還不斷擴張，連靈能者協會都潰敗四散，自然不可能無動於衷。這陣子她不時往返火車站，一來是探探青蘋的消息，二來是與一批長年受她保護的異能者、老鬼小鬼們聚會，聽他們講述四處打聽來的各種消息。

替協會進行堅壁清野行動的人員可不只盧奕翰這路人馬，這陣子成功消除的止戰區結界多達好幾十處，那些自願或是不願離開家園的妖魔、異能者們，彼此間也會通風報信。在地方上受人景仰、消息靈通的穆婆婆，自然也在第一時間就知道了這些情形。

「越南來的掃把星，對吧。」穆婆婆望向盧奕翰，一雙灰濁濁的瞳子精光暴射。

「不不不！」盧奕翰立時搖頭，解釋：「沒、沒有，掃把星沒了……」

「沒了？」穆婆婆瞇起眼睛。「可是我鼻子說有。」

「眞的！」盧奕翰和夜路急急地說：「本來有一整車，但是連人帶車被打翻了……就在不久之前，就是剛剛外頭那批人打的，我們被他們一路追殺。」

「這是協會派給我們的任務。」盧奕翰繼續解釋：「黑夢以其他結界爲食，吃下那些結界，黑夢就變得更強大、範圍也越廣。協會要我們在那些結界被黑夢吃下之前，先、先……」

「你們想先毀了其他結界，餓死那黑夢？」穆婆婆說：「你們看我這破店破爛，覺得那黑夢一口就能將我和老樹都吞了？」

「不，穆婆婆，我們絕對沒有小看您……」盧奕翰搖頭說：「是那黑夢實在太凶，連華西夜市也只一個晚上就淪陷了，現在整個台北都在黑夢範圍裡。」

「聽說了。」穆婆婆聽盧奕翰提及華西夜市，默默無語，像是在思索著自己這雜貨店和華西夜市止戰區之間的力量差距，好半晌後才說：「華西夜市那大結界，我這破店是比不上；如果連華西夜市那大虎都給吞了，我這老貓大概難逃一劫。」

「是呀。」夜路見穆婆婆態度軟化，便說：「留得青山在，不怕沒柴燒，我們可以在那黑夢殺到前，將您這老樹移去其他地方，大家好好規劃一下怎麼反攻。」

「將我這老樹移到其他地方？」穆婆婆冷冷地說：「那老鬼是跟著老樹、還是跟著井？」

穆婆婆那情人當年戰死井裡，魂魄和這奇異古井裡的魄質融合爲一，後來雖然種出了神樹，而且這些年神樹似乎漸通人性，但是否究竟眞是穆婆婆那舊情人，就連穆婆婆自己也不敢斷言。

「這……應該是跟著樹吧。」夜路答得心虛。

「應該？」穆婆婆哼哼地說：「我守這老樹守了幾十年，聽你一句『應該』就走，如果出了差錯，那我這幾十年，不都做白工了？」

「但是……」盧奕翰不死心地說：「如果黑夢眞推過來，占下這雜貨店，力量變得更強，便更能繼續向前推進，傷害更多人……」

「那關我屁事？」穆婆婆瞪著盧奕翰。「這些廢話去和協會說呀，跟老太婆說幹啥？不是全世界都有你們的人？怎麼連個黑摩組都治不了，幹什麼吃的！」

「就是說嘛。」夜路指了指盧奕翰，低聲幫腔。「幹什麼吃的。」

「……」盧奕翰用手肘頂了夜路一下，說：「協會計畫在中部拉出一條封鎖線，阻止黑夢推進。協會希望穆婆婆能協助我們打造那封鎖線。」

「協助個屁！」穆婆婆氣憤地說：「老太婆開這間破店，這些年也幫協會不少忙了，好事沒我的份，壞事一籮筐，你眞當定時向老太婆買些餅乾糖果，老太婆就要替你們賣命啦！」

「不呀，穆婆婆。」夜路見穆婆婆一聽他開口，便轉頭瞪著他，一副想將手上的碗砸過來的模樣，立時擋著頭，說：「就算您拿碗扔我，我還是得說……我們並不是要穆婆婆替我們賣命，而是要保全您的命，不想讓您白白犧牲吶！」

「白白犧牲又怎麼了？」穆婆婆扒完粥，起身將碗擱回桌上，說：「早三十年你們這樣跟我說，我或許會考慮，現在老太婆都幾歲了，還貪活那三年、五年嗎？當年那老鬼年紀輕輕犧牲在這兒，協會心疼過他的命了嗎？現在裝模作樣什麼？老太婆陪那老鬼一輩子了，要死也死一起。黑夢要來就來，老太婆就當看好戲，我就要親眼瞧瞧那東西到底厲害到什麼地步！」

「……」盧奕翰和夜路相視一眼，知道穆婆婆既知道黑夢厲害、也知道華西夜市一夜覆滅，知道那掃把星的作用、也知道盧奕翰等人此行目的，卻仍然不肯離開，想來是吃了秤砣鐵了心。

「你們吃飽了就滾吧。」穆婆婆走向廚房。「別擔心剛剛那些人，老太婆已經逮著他們了，現在外頭沒人追你們。」

「什麼？」盧奕翰和夜路聽穆婆婆這麼說，可是大吃一驚。「穆婆婆妳逮著剛剛外頭那些人？」「您不是一直跟我們在一起嗎，怎麼逮他們？」

「在一起爲什麼不能逮人？」小八振翅撲飛，嘎嘎地叫：「婆婆那麼厲害、婆婆一邊煮飯都能一邊逮壞人！」

「難道……」夜路像是突然想通了般。「他們自投羅網？」

「如果之後，這破店還在、協會也還在……」穆婆婆伸手在方桌上敲了兩下，說：「記得賠老太婆一面鐵捲門。」

眾人還沒意會過來，便見小廳一側牆邊閃耀起微微光芒，浮現出十幾扇樣式不同的老舊木框窗子，那些木窗的玻璃都有著浮突花紋，看不清裡頭模樣，僅能依稀可見有些人影晃動。

那些人影看上去猶如初被關進籠中的蟲鳥般急切焦急亂竄，卻不得其門而出。

「喂！」小八落在一處較小的外推式木窗窗沿上，抬起一支爪子將半邊窗子踢開，朝著裡頭嚷嚷起來。「壞人，你好。壞人。」

眾人望向那小窗，只見那位於常人腰身高度的小窗推開之後，見到的卻是一雙小腿，這小窗貼著另一面的地板。

「這是什麼？」小窗那頭的傢伙聽見了小八的喊聲，像是嚇了一跳，轉身蹲下盯著窗外的小八和穆婆婆等人。

只見那人面目猙獰，臉孔頸子上都有著血紅色刺青，雙眼一黑一紅。他透過窗瞧見了小廳裡的穆婆婆和青蘋等人，立時吼叫起來：「他們在這裡，快來，他們在這裡——」

「你這麼叫沒用。」小八嘎嘎叫著說：「其他窗子關著，他們聽不見你聲音。」

「過來，給我過來！」那傢伙像是見著了肉的餓狼般，將手探出了窗子，胡亂抓扒，也不知是想逮著小八，還是想將青蘋等人身上的肉一塊一塊扯下來。

夜路見青蘋還一頭霧水，便悄聲向她說明：「當時鐵捲門一打開，就已經是結界了，穆婆婆這雜貨店，本身就開在結界裡；鐵捲門關上後，外面那些流氓大概要破門硬闖，雖然破了鐵門，卻闖進結界裡其他地方，例如一些陷阱什麼的裡面。」

「小王八羔子還記得老太婆結界厲害喲？」穆婆婆哼哼笑了笑。

「當然記得，一輩子都不會忘，穆婆婆這身結界法術眞是爐火純青，如果穆婆婆肯出手幫我們對付黑夢，那可是全人類之福呀！」夜路這麼說。

他曾經來過這雜貨店，被穆婆婆關在結界囚室中好一段時間，對這結界威力可有親身經歷。

「小王八蛋油嘴滑舌，老太婆可不吃這一套！」穆婆婆瞪大眼睛，說：「老太婆擅長的是硬功夫，結界術只是錦上添花；這間破店結界的力量，全來自老樹下那口古井裡的魄。沒那源源不絕的魄、沒那老樹幫我，踏出這塊地方，老太婆便只是個打人很痛的虎姑婆，沒辦法幫你們造那封鎖線。」

「過來、過來！」小窗後那人伏在地上，將手探得極長，猛搥牆壁、不停扒抓。

穆婆婆上前一把揪住了那傢伙手腕，喀啦一聲，就將那傢伙腕骨給折斷了。

「過來、過來！」那傢伙竟像是毫無痛覺般，不停甩動猶自被穆婆婆揪著手的胳臂。

「你們逃不了的，過來，跟我們回去——」

「跟你們回去哪？」穆婆婆問，加重手勁捏了捏那傢伙斷腕。

「妳是誰？」那傢伙將臉湊近小窗，這才發現自己的手腕給穆婆婆折斷了，他激動吼著：「來人、來人，來抓他們、來殺他們，老太婆，妳是誰？」他一邊吼，一邊猛力抽甩著手。

穆婆婆皺了皺眉，探手入窗，一把掐住那傢伙頸子，將他腦袋拉出窗來。同時，小窗陡然緊縮，緊緊箍住那流氓肩頸胸背。

穆婆婆捏了捏那流氓左手無名指上那枚戒指，轉頭問盧奕翰：「他們都是黑摩組的手下？」

「是呀。」盧奕翰點頭答：「應該都是新招募的成員，手指裡的傢伙還很生疏，有些甚至連手指都還沒煉……」

「是嗎？」穆婆婆哦地一聲，將那傢伙左手上的戒指摘下。

「哇！」夜路和盧奕翰見穆婆婆竟主動替對方摘去戒指，可都大吃一驚，但見那混混身子激烈顫抖起來，兩隻眼瞳不停變色、閃動異光，咧開的嘴巴裡四顆犬齒忽長忽短，鼻子噴發黑氣，像是正在催動指魔之力。

但他身子被窗框緊緊箍著，雙瞳劇烈異光閃爍數十秒後，便又逐漸黯淡，像是耗盡了力氣一般。

「這傢伙的指魔根本還沒煉好。」穆婆婆見那混混垂下了頭，猶如虛脫，便將戒指又套回他那無名指上。

穆婆婆揪著那傢伙頭髮，在他腦袋上左右翻看，跟著咦了一聲，目光停在他後頸上。

「怎麼了？」眾人湊近去看，只見那混混後頸上有四枚黑點，四處黑點的中央還紋了枚符印。

穆婆婆伸手觸了觸那些黑點，又咦了一聲，那小小的黑色圓點，竟是釘子末端的釘尾。

「哼哼，用這邪術操縱活人……」穆婆婆搧了搧手，那緊縮的窗框登時又變得略寬，她按著那混混腦袋一推，將他推回房中，再喀啦一聲關上窗。

跟著，穆婆婆用相同方式，又檢視了幾個混混的後頸之後，用手指扣著牆，喃喃唾罵起來：「這批傢伙應該是沒得救囉，他們脖子上那些釘子附著惡鬼和邪術，能操縱他們心智。」

「所以，就算把釘子拔出來，這些人也沒辦法恢復正常了嗎？」青蘋問。

「這要看他們究竟被施了什麼法術。」夜路搶著回答：「能操縱人心智的法術很多，有簡單的也有惡毒的、有能救的也有不能救的。按照黑摩組的行事作風……大概會用最狠辣的法術吧。」

盧奕翰想了想，說：「黑夢本身已經能夠控制人心智，又何必多此一舉，使用這種法術？」

「或許這表示……」夜路又補充：「黑夢的擴張範圍有其極限？至少……有力量或時間上的限制，所以他們如果要在黑夢核心範圍以外的地方作戰時，還是需要額外戰力。」

「表示我們這幾天的行動有效果了。」盧奕翰低聲說：「黑夢吃下華西夜市之後，一下子快速擴張，但接著缺乏更強大的結界作爲食糧，擴張速度就減緩了。」

「對呀！」阿彌爺爺突然嚷嚷地說：「那壞腦袋會吃其他結界，所以我在我的書窩裡布了個陣、扎上好多『針』，讓那壞腦袋進不來，一進來就頭疼喲，嘿嘿！」

阿彌爺爺說到這裡，頓了頓，東張西望，拉了拉夜路，說：「這兒是哪呀？我們不是在書窩裡布陣嗎？」

「我們……」夜路抓了抓頭，指了指那方桌，說：「我們來拜訪結界術前輩高人穆婆婆呀；有穆婆婆幫忙，您那書庫結界便能更加銅牆鐵壁。」

「……」穆婆婆正一一揭開木窗，探看裡頭那些混混狀況，她聽夜路這麼說，立時回頭叱罵：「小王八蛋，你可別把老太婆拖下水！我不是要你們滾了嗎？不趁現在走，他們又派來新手下，你們就走不了了。小八，送客！」

「什麼？」小八嘎嘎叫地飛了起來，說：「婆婆，他們才剛來，就要他們走呀……我還沒帶英武去看我其他小窩呢……」

「看個屁小窩！」穆婆婆瞪著眼睛說：「快送他們離開，然後回來幫老太婆，我們有得忙呢！」

「哎呀，好吧……」小八有些不捨，他生性活潑多話，最愛與人聊天或是鬥嘴。這次他見了同樣能說人語的英武，可是一見如故，就想和對方聊上幾天幾夜。

「穆婆婆，我不想走……」青蘋突然開口，她見穆婆婆瞇起眼睛盯著她，不由得有些害怕，但仍然說：「我想……請您教我操縱神草……」

「要我教妳——操縱神草？」穆婆婆瞪著青蘋，又望望她手上那盆黃金葛，說：「我怎麼懂這東西，這是那孫小海發明的玩意兒，他都沒教妳了，我怎麼教妳？」

「穆婆婆——」英武也飛了起來，落在青蘋肩上，說：「老孫說這些神草種子當年是在您指點下才煉成的，裡頭包藏著許多您的巧思創意呀……」

「什麼巧思創意！」穆婆婆哼哼地說：「那小王八蛋當時滿腦子只想種出能夠吸取天地魄質的怪花怪草，說很值錢，黑白兩道都會出高價跟他買。要是讓他種成了，他就發財啦，就能環遊世界啦、就能逗那些金髮洋女人開心啦。」

「沒錯沒錯，老孫就是這種人。」英武連連點頭附和，跟著說：「但後來……穆婆婆您教他將其他法術融入種子裡，讓這些神草除了吸取天地魄質之外，也能讓人自由操縱，變成能夠與邪魔歪道作戰的神兵利器。穆婆婆您可以說是他的貴人呀，若不是您拉他一把，老孫那壞傢伙或許已經被四指吸收了……」

「少來這一套，老太婆可沒那麼偉大！」穆婆婆呸了一聲，說：「我只是將我懂的結界法術教了一些給他，他將結界法術跟他那家傳的煉種法術合而爲一，才煉成那些種子。」

「所以……」夜路突然說：「如果穆婆婆您教青蘋學會您的結界法術，那麼青蘋就更能夠隨心所欲地操縱神草了；啊呀，所以您能夠漸漸與老樹溝通，就是因爲老樹和您的結界法術彼此之間，本來就有著共通之處！」

「小王八蛋，老太婆的結界法術是你們這些毛頭小子說學就學嗎？」穆婆婆瞪了夜路一眼，轉頭問青蘋。「妳學得會嗎？」

「我不知道能學多少……」青蘋說：「但我願意盡量學……」

英武插嘴幫腔：「連老孫那貪玩又頑劣的壞小子都能學會了，青蘋比老孫認眞百倍，一定學得來的。」

青蘋繼續說：「穆婆婆，我不會白學您的法術、也不會白吃白喝，我能幫您許多忙，有什麼事盡管交代我做，我會很多事，我的……戶頭裡也有點存款，平常的伙食費用我可以自己負擔……」

「妳會很多事，是啥事？說來聽聽。」穆婆婆冷冷地說。

「這……」青蘋聽穆婆婆這麼問，想了想，說：「我……洗衣打掃都會做，做菜燒飯……也還行。」她說到這兒，有些心虛地望了夜路和盧奕翰一眼，像是想得到他們的認同。

「呃……」盧奕翰和夜路言不由衷地點點頭，分別說：「還過得去……」「可以補充人體所需養分。」

青蘋繼續說：「我學過柔道跟跆拳，有點功夫底子，也能簡單指揮神草，要是……到時黑摩組打過來了，多少幫得上忙……」

「嗯，是有點用。」穆婆婆默然半晌後說：「但就是因爲這樣，老太婆才要趕你們走，因爲我是不會走的，你們不用白花心思勸我走。你們懂我的意思嗎？」

「……」盧奕翰和夜路相視一眼，不免有些爲難。他們這次的任務，就是勸穆婆婆毀去這個結界、離開這裡，免得成爲黑夢餌食；但穆婆婆不走，青蘋又希望和穆婆婆學習操縱神草，這麼一來，大家都走不了了。

「你們有其他任務的話，可以忙你們的。」青蘋對盧奕翰和夜路點了點頭，說：「我留在這裡陪婆婆。」

「嗯……」夜路抓了抓臉，拍拍盧奕翰的肩，說：「對呀，協會除魔師，你還有任務在身，你去忙你的吧，我和青蘋在這裡陪婆婆好了。」

「我……」盧奕翰賞了夜路一記拐子，說：「我的任務，就是這個地方。」他指著那些小窗，說：「他們派出這些傢伙追殺我們，就表示黑夢一時半刻壓不過來，我們可以再觀望看看，或許……或許穆婆婆也知道『壞腦袋』的事情。」他說到這，指了指阿彌爺爺抓在手上的黑皮書。

「是呀。」夜路連連點頭，說：「阿彌爺爺，讓穆婆婆看看你那黑皮書，說不定有什麼意外發現。」

「什麼？」阿彌爺爺呆愣愣地將書和筆記遞向穆婆婆，說：「妹子呀，妳也知道壞腦袋？」

「死老鬼，誰是你妹子！」穆婆婆瞪了阿彌爺爺一眼，接過那黑皮書和破解筆記，胡亂翻了翻，扔回阿彌爺爺懷裡：「寫些什麼狗屁鬼字，鬼才看得懂；老太婆只看得懂人字！」

「總之……」夜路打著哈哈拉回阿彌爺爺，堆著笑對穆婆婆說：「穆婆婆，您就讓我們再多待兩天，看看情況吧。」

「老太婆沒那麼小氣，不介意多幾張嘴巴吃飯。」穆婆婆攤了攤手說：「但要是黑摩組真打來了，後果自負，老太婆可顧不得你們的生死！小八，準備開工了——」

「是！婆婆。」小八嘎嘎叫著，興奮地在那些木窗前飛繞。「哪個、哪個？婆婆您想先從誰下手？」

「他們不是每個都被下咒。」穆婆婆拍了拍其中一扇窗，說：「有幾個心神正常，我們向他們問出點東西。」

「好呀好呀，是誰？」小八哇地一聲落在穆婆婆拍的那扇木窗前，微微推開窗，往裡頭望去，還回頭喊了英武一聲，說：「朋友，來瞧瞧，我們要來逼供囉！」

「逼供？」

英武好奇地也飛了過去，落在窗沿邊，往裡頭看去。

小小兩三坪四面徒壁的空房中，底下是兩個年輕人——

阿四跟凌子強。

凌子強盤著腿席地而坐，冷冷地望著接近天花板處的小窗；阿四抱著膝，將腦袋埋在膝裡，身子顫抖，像是在哭。

07絕不退讓

「壞腦袋呀，那是以前我一個朋友最擅長的把戲。」硯先生扠著手、望著天，兩隻眼睛猶如變色龍般分別看向左右，還不停轉動。「我那朋友以前本來有個名字，但後來人人都叫他壞腦袋，早已不記得他原本的名字啦。壞腦袋這三字可以指他的腦袋，也可以指他的法術，也可以指他的人。」

「他打架不行，講話像個傻瓜，一顆腦袋生得特別大，脖子又特別細，一天到晚用手撐著臉，大家都喜歡欺負他。」硯先生繼續說：「他不聰明，但他那腦袋有個妙用，就是能把他睡覺時做的夢變化成真——他每次跟其他傢伙打架，第一件事就是打自己幾拳、把自己打昏，讓夢裡的自己出來代替他打架。他能控制自己的夢。」

「他在夢裡生得又高又壯，有三顆頭、六隻手。不過還是打不贏我。」硯先生嘿嘿笑著說：「又過了很長一段時間，他那壞腦袋越練越厲害，不但能夢出一個厲害的自己，還能夢出一堆稀奇古怪的東西，甚至可以把別人也拉進他夢裡。那時候我快要打不贏他了。」

「這是好幾百年前的事了。」硯先生說到這裡，頓了頓，低頭對著底下說：「你們別晃來晃去，抬穩點呀。」

硯先生窩在一頂用竹竿和躺椅造出的小轎子上，讓張意四人抬著轎子載著他走，轎上還擺著那大魄質罈子；硯先生一邊把玩七魂和伊恩斷手，一面吃著零食望著天上流雲，悠閒得不得了。

七魂讓硯先生抓著，一點反應也無；伊恩斷手上的豎目緊緊閉著，硯先生偶爾伸手撥開豎目，只見裡頭眼睛灰濁濁地黯淡無光。

長門和摩魔火儘管對硯先生如此玩弄伊恩斷手感到不悅，但對方可是連伊恩見了也要恭敬叩拜的大前輩，加上眾人在脫離黑夢威脅之前，可需要他的力量保護，便也只能睜一隻眼閉一隻眼

十分鐘前，硯先生揚臂撒出的巨大火鳳凰，將眾人連同這轎子從高樓頂端提下，安然放在這高架道路上。

這高架橋的另一端是新北市的三重；這是連結台北市區和三重的忠孝橋。

眾人回頭望，只見忠孝橋後方那巨大黑夢建築群高聳遼闊，猶如奇幻電影裡的魔都巨城；讓他們感到稀奇的，是這一路絲毫沒遇到任何障礙，甚至連大眼衛兵都沒碰到半個。

甚至連讓張意施展破解結界能力的機會都沒遇上，他們本來以為黑夢邊際會有牢不可

破的巨門或是城牆之類的阻礙。

眾人一度以為或許是這黑夢的核心範圍早已跨過淡水河，覆蓋到對面的三重，因此他們尚未抵達核心地帶邊境。

但是當他們踩在忠孝橋路面繼續往前走時，讓天上晴陽一照，卻又明顯感受出四周氣氛與先前黑夢建築群裡的鬱悶死寂大有不同。

摩魔火跳下張意的腦袋，四處繞了繞，篤定斷言他們已經離開黑夢核心地帶，他與伊恩受困核心地帶許多天，對黑夢核心地帶裡的氣氛、味道可說瞭如指掌。

「你們以為這樣就離開壞腦袋了嗎？」硯先生對眾人的雀躍感到不屑，他嘿嘿笑地說：「壞腦袋最喜歡玩的把戲之一，就是讓人以為自己終於離開壞腦袋，然後突然鋪天蓋地殺他個昏天暗地、措手不及呀！」他說到這裡，得意地頓了頓，說：「這一招，是我教他的，嘿嘿。」

「大前輩，如果這壞腦袋是您幾百年前的老友的得意法術……」孫大海抬著轎子，開口問：「那麼這些年來，壞腦袋發生了什麼事，怎麼……黑摩組的傢伙，能夠使出您老友的法術呢？」

「我怎知道。」硯先生搧了搧手，說：「我也有兩、三百年沒見過他了……」

「通了、通了！」張意陡然大叫起來，揚起手上那支手機——他腰際掛著個小包，裡頭擺著好幾支沿途撿來的手機；他聽摩魔火說已經離開黑夢，便迫不及待地試著撥打電話。

他撥出的號碼，是摩魔火在他腦袋上告訴他的，晝之光前些日子布署在外圍的某個小據點的聯絡號碼。

「喂——」手機那頭聲音聽來真是個正常的活人。

「給我！」摩魔火拍著張意腦袋，要張意將手機遞在頭上。「我是摩魔火……老天爺呀……真是你們！」

摩魔火興高采烈地與那據點成員嚷嚷一陣，跟著又將手機交給長門，長門將手機舉在神官腦袋旁，神官一面聽、一面撥弦翻譯，再將長門的回覆傳遞給手機那端的人。

另一頭，夏又離也拿了支手機撥號。「奕翰，是我！夏又離啦！」

「又是這鬼玩意啊。」硯先生窩在轎子裡，見其他人興高采烈地講著手機，也向張意討了一支，抓在手上亂按，不屑地說：「這小盒子有什麼好玩，怎地這幾年大家都在玩？」

「天希狀況不明，好幾小時沒說話也沒現身了……」夏又離激動地對著手機嚷嚷：「我身邊有不少人，有晝之光的人，還有、還有……我說出來你一定不相信，是硯先生！是天希的爸爸！是傳說中的大前輩！我們正往三重前進，你們在哪？什麼？宜蘭？你們在宜蘭幹嘛？」

「哼，誰是她爸爸，她又不認我。」硯先生窩在轎子裡鼻子不停噴氣，氣呼呼地嘟嘟嚷嚷：「小王八蛋，就別惹毛了我，看我把這小子身體剖了，把妳揪出來，到時候不見我也見著了，哼哼！」

「眞的，我沒鬼扯！」夏又離興奮地說：「眞的是硯先生，天希躲著不肯見他，他還說要把我剖了把天希揪出來，是眞的啦——我們現在很安全，沿路都沒見到黑摩組的人……喂、喂喂……」

夏又離望了望手機螢幕，仍在通話中，但電話那頭奕翰的聲音，卻變得像是自水下發出般模糊不清。

「喂、喂喂！」孫大海好不容易又想起穆婆婆電話，剛撥通便沒了聲音，他撥第二次、第三次，明明是相同的號碼，但每次卻都是不同人接。

神官一面與電話那端對話，一面認眞翻譯，但長門的神情卻逐漸變得古怪，神官翻譯出來的話，越來越詭怪異常，全是些「死」、「飲血」、「食肉」之類的意思。

「小心，有點不對勁……」孫大海收去手機，東張西望起來，他們已經走至忠孝橋中央，四周毫無異變，後頭是黑夢建築群，前頭是三重，天上是晴天白雲、豔陽高照。

硯先生抓著手機摸索半晌仍然不會使用，卻也不想問人，胡亂滑動之際，卻見到手機螢幕上冒出一個人臉，對他微笑點頭。

「你小子是誰呀？」硯先生盯著手機上的人問。

「您好，我仰慕您很久了。」手機螢幕上是個英俊的男人，有雙銳利如鷹的眼睛。

「仰慕我的人很多，人人都說仰慕我。」硯先生哼哼地說：「你要跟我說什麼？」

「我想請您幫我一個忙。」男人淡淡笑著說。

「你當我什麼人？一邊說仰慕我一邊要我幫你忙？」硯先生瞪大眼睛吹著鬍子說，但他仍好奇地問：「你要我幫啥忙？」

「我花了很多時間，造了把大傘。」男人說：「我想請您住進我的傘裡。」

「別晃了、別晃了！先停下來，讓我跟這盒子講話。」硯先生拍了拍轎子，對著手機說：「小子你說啥？住在傘裡，傘怎能住？你當我是孤魂小鬼？我千年來想住哪就住哪，住你的傘裡有啥意思？」

「很有意思。」男人笑著說：「你住我傘裡，保證有意思。」

「有啥意思？」硯先生問。

「天下無敵。」男人答。

「天下無敵？」硯先生說：「我已經是啦。」

「所以我只要你。」男人笑了笑。

「你誰啊小子。」硯先生逐漸不耐：「我不喜歡你講話的調調，我討厭人賣關子。」

「我叫安迪。」那男人說。

「！」夏又離、張意、孫大海，以及同步接收神官翻譯的長門同時一驚，都轉身抬頭往轎子上望。

「小子，你從盒子裡出來跟我講。」硯先生伸手摳著那手機螢幕，略一大力，竟將螢幕給摳裂了。

但安迪的臉仍停留在那裂紋滿布的手機螢幕上，他笑著點點頭：「是，我這就現身見您。」

轟隆隆的引擎聲響自忠孝橋後方響起。

一輛巨大聯結車自後方開來，後頭還跟著一整支車隊。

不論大車小車，那車燈位置都是巨大突出的眼珠，眼珠底下，張著一張血盆大口，噴著腥紅血氣。

那巨大聯結車車頭上，站著一個男人，男人背後幾個跟班，合力撐起一把巨大紙傘。

那巨大紙傘足足有兩層樓那麼高，此時並未張開，露在傘面邊緣底下的傘柄便有兩公尺長，傘柄的直徑則超過二十公分，猶如電線桿一般粗，柄上還突出一支支握柄；收合的傘面上則纏繞著各式各樣的符籙繩索，遠遠望去，這巨傘儼然像是一頭受縛的凶獸。

「安迪——」夏又離遠遠望著那男人，儘管還瞧不清他的臉孔，但單憑那氣勢，已足以讓夏又離認出那站在車頭上的男人，就是黑摩組頭目安迪。

他還沒從見到安迪的震驚裡恢復，便又見到大聯結車旁駛出一台敞蓬跑車，副駕駛座上站起一個女孩，朝他大喊：「小離，好久不見。」

「小非？」夏又離又是一驚，他曾是黑摩組的一員，當時黑摩組裡與他最親近的就是莫小非。

「咦？」硯先生從轎子上站起，望著莫小非，呀呀嚷了起來：「妳不就是那小妹妹嗎？妳的戒指還在我這裡呀。」

「我的戒指你帶在身上嗎？」莫小非遠遠地喊：「那可以還給我了。」

「我考慮考慮。」硯先生本來聲稱要將戒指還給莫小非，但此時聽她開口要，又有些捨不得，他索性裝作沒聽見，轉頭對著站在聯結車頭上的安迪喊：「你就是剛剛躲在盒子裡對我說話的那小子呀，你要我住你傘裡，就是住你背後那支傘嗎？那傘能住人嗎？」

「能，而且很好玩。」安迪笑著回答：「不過我要讓您住的，當然不是這把傘，我們還有幾柄更好的傘。」

「怎麼個好玩法？是你好玩還是我好玩啊？」硯先生嚷嚷地問，突然感到底下的轎子又動了起來，低頭一看，原來是張意等人又扛起轎子往前跑，他大聲說：「喂，我不是叫你們停下？你們跑什麼跑？」

「大前輩呀……他們就是黑摩組的人。」孫大海急急地說：「我們可打不過他，再不跑就跑不了啦。」

「你說我打不過他們？」硯先生眼睛一瞪，揚手畫了個咒，往下一拍，數條黑藤自他掌心竄出，捲著整張轎子往地面壓去，那些黑藤鑽進路面，竟將整張轎子給釘在地上。

「我就打給你們看。」

「哇！」張意等人見黑摩組那怪異車隊逐漸逼近，硯先生卻扠著腰站在轎子上一動也不動，莫可奈何，只好鬆開手慢慢往後退。

此時他們距離三重那端僅有三、四百公尺，倘若長門施展銀流法術捲著眾人加速奔逃，或許能夠逃遠，但那魄質大鐔和伊恩的斷手、七魂都還在硯先生腳邊；長門本想撥出銀流硬搶，卻又擔心這舉動倘若觸怒了硯先生，反過來先教訓他們，那可更麻煩。

「大家站近一點！」摩魔火突然在張意頭上現形大嚷：「我不確定這裡到底是不是黑夢核心地帶裡……不過，就算不是也當是了！快站到我師弟旁邊！」

孫大海起初尚不明白摩魔火的意思，但見長門聽了神官翻譯，立時奔至張意身後，還伸手挽住他胳臂，這才猛然醒悟——黑夢能夠操控心智，而張意能夠抵擋黑夢的力量。

他們本來以為已經脫離黑夢核心地帶，但既然對方頭目都現身了，自然也只能作最壞打算。他拉著夏又離來到張意身旁，和長門一樣，也攬住了張意另一邊胳臂。

「這什麼意思？」夏又離儘管先前已聽說這黑夢裡的種種狀況，也知道張意擁有抵抗黑夢的能力，但他未親眼見識過黑夢力量，這下一時也搞不清狀況。

「糟糕，不太妙呀！」摩魔火舉著毛足指著轎子上那魄質大罈，說：「我們得靠那大罈和張意交換魄質，才能抵抗黑夢！」

孫大海和長門立時想起先前搶神草種子時，就是靠著將大罈魄質上那些綿線銀針插在各人脖子上，將張意的魄質引入大罈，流經每人身子，大夥才得以抵抗黑夢。

巨大聯結車及一干車隊緩緩停下。

安迪自車頭躍下，撥了撥頭髮，雙手插在褲口袋裡，微笑地望著硯先生。

聯結車旁的跑車車門打開，莫小非扠著腰下車，後座一名男人也開門下車，是宋醫生。

「黑摩組核心五人，一次來了三個……」孫大海喃喃地說，不禁發起抖來，他裹著紗布的手還捧著神草百寶，口袋裡的小龜像是感受到他的顫抖而探出頭來。

「天希、天希……妳還好嗎？」夏又離用拳頭輕輕扣著胸口，低聲說：「安迪來了。」

張意雙手被三個人攬著，雙腳不自禁地抖起來，這時他感到頭頂炙熱難耐，聽見摩魔火對他說：「師弟，勇敢一點，你是老大欽點的接班人，在外人面前抖得像小雞一樣，能看嗎？」

「小子，你到底想怎樣？」硯先生扠著手，仍站在那轎子上，盯著安迪半晌，突然想起了什麼，回頭望著夏又離，說：「他就是你說的那傢伙？抓了騷狐狸的那傢伙？」

「是啊，就是他！」夏又離大聲應答：「天希無時無刻不想向他報仇！」

安迪聽夏又離那麼說，聳了聳肩，笑著說：「小離，你呢？你也想向我報仇嗎？我不記得我做過什麼對不起你的事呀，那時候如果你沒離開，現在就和我們站在一起了。不過，我們還是歡迎你，你隨時都可以回來我們身邊。」

「我……我一點也不認同你們做的事！」夏又離說：「何況……你們只是想得到天希而已，對你們而言，我只是一個裝著寶物的容器而已。」

「小離！」莫小非嚷嚷地喊：「幹嘛這樣貶低自己，容器也有容器的地位跟價值呀！你看，我們現在已經取得全面勝利了——」莫小非說到這裡，揚起手，像是向夏又離展示後方台北市區那高聳遼闊的黑夢建築群。「世界上哪一座城，比我們的王宮還大？」

「是很大……」硯先生歪著頭說：「但是醜了點，黑漆抹烏，少了點花草樹木，還是我的山美麗點。」

「那有什麼難。」安迪哈哈一笑，轉身揚了揚手。

後方黑夢建築群某幾棟高樓頂端立時逐漸冒出翠綠。

仔細望去，是那幾棟高樓樓頂上的雜物、水塔、壁面上生出茂密枝芽；枝芽下一刻就長成莖藤或是枝幹，且生出一片片葉子。

「哇——」硯先生這才露出驚訝又欣羨的神情，嚷嚷地說：「你這什麼法術？能讓那麼大的樓房一口氣生出這麼多葉子？」

「在我們的世界裡，我們無所不能。」安迪說：「想做什麼都行、想怎麼玩都行；這種極致的自由，就是我們一直在追尋的東西。現在，我們幾乎實現了這個目標。」

「安迪！」摩魔火忍不住怒吼：「你可知道，為了這目標，你們傷害了多少人嗎？」

「凡事總有代價。」安迪笑著說：「差別在於最後的成果，由誰來享受罷了。」

「所以你想說，和你站在同一邊，就能享受成果；和你對立，就該犧牲嗎？」摩魔火紅毛捲動，頭胸上大小複眼精光閃爍。

「是呀。」莫小非搶著答：「成王敗寇，這世界不一直都是這樣子運行嗎？你今天才知道呀。」

「我聽不懂你們說什麼呢。」硯先生終於自那轎子上一躍而下。他脫下那破爛的外套，往轎子上一拋，套在那大鐔揹架上。

硯先生扭頭甩手蹬蹬腳，望著安迪說：「我聽他們說你們相當厲害，把整個日落圈子的好手都打光了，我來會會你們。」

「這是我的榮幸。」安迪恭敬地朝著硯先生鞠了個躬，彈了兩下手指，大聯結車頭上幾名隨侍捧著那巨傘一躍而下，舉著巨傘走至安迪背後。

安迪優雅地解開襯衫鈕子，脫去整件襯衫，將之交給隨侍，跟著他背後噗地竄出四隻手；四隻手兩左兩右、胳臂有粗有細，原本的主人似乎都不相同。

他身後數名隨侍，合力舉著那近六公尺高的巨傘走近安迪，將巨傘傘柄遞給安迪背後伸出的四隻手。

四隻手握住了巨傘傘柄上那些分支握柄，掌心微微流溢出奇異彩煙。

巨傘傘身上那符籙繩飾紛紛飄揚起來，綻放起絕美光彩。

莫小非、宋醫生一左一右走到安迪身旁。宋醫生伸手按著胸口；莫小非則嘟起嘴巴，指著硯先生說：「前輩，請你將戒指還我，那是我的寶貝耶，你害慘我了你知道嗎？」

「對喲。」硯先生聽莫小非那麼說，摸了摸身子，這才想起他將戒指放在外套口袋，又將外套扔上轎子。他轉頭，卻見轎子上空空如也，大罈、七魂、斷手、外套全沒了。

原來長門暗中撥弦，將大罈連同七魂、斷手全捲了回去，摩魔火和張意正七手八腳地將大罈捆上揹架，長門則飛快將幾枚銀針分別插入眾人頸子裡，且施術讓大罈魄質流動起來，讓張意的魄質流入大罈，與眾人分享他那抵抗結界的能力。

「前……前輩，別聽她的話！」孫大海見硯先生瞪大眼睛望著他們，立時說：「他們劫走您的老情人、天希小姐的乾媽——狐魔千雪呀，他們對您這麼壞，您何必將戒指還他們呢？」

「是呀。」硯先生轉頭望著安迪：「我又差點忘了，你們將千雪抓哪去啦？」

「千雪……」安迪先是一呆，跟著哈哈笑著說：「你不說我都忘了，好懷念的名字。其實她還活著。」

「什麼？」夏又離等人可沒想到千雪竟然活著，彼此相望，也不知安迪是故意這麼說，抑或只是爲了擾亂硯先生思緒而編出的謊話。

「前輩，小心他說謊騙你。」孫大海嚷嚷喊著。「他們鬼話連篇！」

「你好煩呀，老頭，我們跟前輩說話，你打什麼岔？」莫小非氣呼呼地跺了跺腳。

一道黑影倏地自她腳下竄出，閃電般竄向孫大海，在孫大海身前立起一個黑影巨人，伸手往孫大海腦袋抓去。

琴音脆響、幾道銀光鞭捲上黑影巨人的手。

長門持著三味線攔在孫大海面前接戰，張意、夏又離、孫大海三人則手忙腳亂地鑽來繞去、調整位置，讓數條綿線不致於糾纏打結。

「喲！那小妹妹的影子很厲害，但妳這小妹妹竟然能彈琴擋下，也不簡單。」硯先生似乎被長門這功夫吸引，目不轉睛地瞧著長門，像是想看場好戲。

「咦，日本琴、銀流刀？」莫小非見長門竟能擋下自己踏出的黑影巨人，不禁興奮叫了出來。「妳就是晝之光夜天使的長門櫻？好稀奇呀，竟然會在這裡見到妳。」

「她是伊恩的養女，跟伊恩在一塊兒並不稀奇。」宋醫生按著胸口，緊盯著張意懷中那七魂和斷手。「要我幫忙嗎？」

「不，盯緊老狐狸。」莫小非搖搖頭，跟著嘿嘿笑了笑，朗聲對長門說：「看看是妳的琴音刀厲害，還是我的影子刀厲害。」

她尚未說完，便又跺了跺腳，踏出兩道黑影，疾疾竄向長門等人，一左一右竄到那影子巨人腳下，倏地又站起兩個影子巨人。

三個巨人舉起六隻手，六隻手中竄出六柄刀。那影子人持著影子刀，儘管漆黑一片，但從刀刃形狀，還是可以清楚認出六柄刀有開山刀、彎刀、武士刀等各式刀械。

長門疾撥琴弦，數股銀流自她身邊飛旋竄繞，也化出六柄銀刃，高高舉起，和影子巨人手上六柄大刀激烈互格起來。

「嗯、嗯嗯嗯！」硯先生扠著手，看得目不轉睛，卻絲毫沒有出手相助的意思。

「師兄，現……現在怎麼辦？」張意揹著大罈，儘管感到大罈魄質注入身體之後力量增強不少，但卻幫不上忙。他身上只有一只吹了好一陣子氣的玻璃瓶，和幾張攻擊符籙，但莫小非遠遠地施展影子術，他連突施襲擊的機會都沒有。

一旁的夏又離拍了半晌胸口，卻也得不到身體裡硯天希的回應，只得緊捏著拳頭，喃唸墨繪咒語，使掌心滲出黑墨；他沾了沾墨，凌空畫了一道符，舉手對著那影子巨人一揚。

一隻小小的巴戈犬自夏又離手掌心上那符籙光陣撲出，汪汪嗷嗷地衝向黑影巨人，一口咬著那影子巨人的腿，身子晃盪半晌，摔在地上，不停繞著圈圈，朝著影子巨人狂吠不止，然後被一腳踏扁。

「啊？」硯先生起初甚至沒有認出夏又離施展的法術，就是自己發明的墨繪術，直到見他又灑出幾隻火麻雀、火鴿子和火兔子，這才氣呼呼地叫嚷起來。「小子，你怎將我這墨繪使得這麼窩囊呀！打架要放兇的狗，你放些小狗、小雞、小鳥出來逗敵人笑呀？」

夏又離無奈地攤了攤手，他的法術修爲遠不如體內那百年狐魔硯天希，此時硯天希沉睡不醒，他也只能盡量施展所學了。

「前輩。」安迪長長噓了口氣，往前走了幾步，一面扭頭拗指，像是武打電影裡角色上陣前舒伸筋骨的模樣；他背後那只巨傘傘身緩緩鼓脹、緊縮，傘下噴發出一陣一陣的濃烈戾氣。「不如看看我的──」

安迪這麼說，隨即揚起手，他的掌心和夏又離、硯先生施展墨繪術時一樣，也滲出了濃稠液體，但卻不是墨黑色——

而是鮮紅如血的液體。

「血畫咒。」安迪伸指沾了沾掌心上的鮮紅，飛快畫了個咒。「我是這麼稱呼它的。」

一隻核紅色的凶猛巨獸自安迪掌心符籙光陣中衝出，落在地上咧嘴仰頸長嘯一聲，聲音刺耳嚇人。

那巨獸身體和水牛一樣大，模樣三分似狼、七分似虎，兩隻眼睛綻放鮮紅血光，伏低了身子朝著硯先生齜牙咧嘴。

「哎呀！那騷狐狸眞將我的墨繪也教給了你？你怎練成這副模樣？」硯先生瞪大眼睛，往前跑了幾步，扳著那巨獸腦袋左右翻看。那巨獸被硯先生捏著嘴巴、掐著脖子，拚命掙動，像是被屠夫捏在手上的小動物般。

硯先生不悅地說：「這不是狼也不是狗、更不是狐……不行吶，這分明是頭大貓！」他說到這裡，皺起眉頭斥責安迪：「『鎮魄』只能變狗兒，你壞了我法術的規矩，你知道我最討厭貓嗎？」

「鎭魄」是墨繪術之一，能變化出犬科動物，硯天希在華西夜市亂戰裡派出的那些狼犬、嫯犬，硯先生的大狼，夏又離的小巴戈，都是鎭魄術的效果。

「這東西差勁。」硯先生說到這裡，在那巨獸腦袋上拍了一下，那巨獸登時化成點點紅光。

「是我不好。」安迪也不以爲意，淡淡笑了笑，舉起雙手，他雙手十指都戴著戒指——

他有十隻指魔。

他摩挲著雙手，將戒指一枚一枚取下，輕輕放在身邊一名舉起雙手的隨從掌心上。

數秒過後，他十隻手指都空了。

他一口氣摘下了十枚戒指。

但全身上下沒有分毫變化。

便連他背後那柄不停鼓脹叢動的巨傘，此時也靜悄悄地如同睡著了般，傘面上浮動飄揚的符籙繩飾都垂了下來、四周縈繞的光芒和傘下鼓出的異煙也逐漸止息。

「我應該出盡全力，才能表示對您的敬意。」安迪雙手揚起，左右掌心都滲出了濃稠紅血，他彎指沾血，同時畫出兩道符籙。

兩面直徑有數公尺的血紅色圓形符籙光陣，浮現在安迪身子兩邊，兩面光陣由於範圍太大，甚至有部分重疊在一塊兒。

左側光陣裡竄出八隻黑色巨爪，每隻巨爪張開來都有一張麻將桌那麼大；跟著自八隻巨手中間探出的，是顆巨大的老鷹腦袋。

右側光陣則冒出一顆巨大而古怪的獸頭，巨大獸頭周邊還生著數個略小的獸頭，幾個獸頭一齊張口嘶吼，每張嘴巴都噴出黑煙，吼聲驚天動地。

這兩隻巨獸的體型，可都接近電影裡的巨大恐龍。

「哇——」硯先生像是終於提起興趣般，大力拍了拍手，向後躍開好遠，也畫出兩道咒，一雙細瘦胳臂周邊浮現好多小手幻影——懶人手。

跟著硯先生再畫咒，數十道光陣鞭炮般地在他周身炸開，衝出一頭頭碩大如牛的巨狼，和一隻隻展開翅膀有兩、三公尺闊的大鷹——

大鷹們撲拍著火焰翅膀衝向多臉巨獸；大狼群咧著嘴巴衝向八爪巨鷹。

巨大的火焰風暴自群獸交撞處炸開，硯先生灑出的火焰巨鷹猶如飛彈般炸上安迪兩隻巨獸的身上、頭上，一頭頭巨狼衝過火焰撲上巨獸奮力撕咬。

兩頭巨獸絲毫不受影響，繼續探身爬出血色光陣，牠們偶爾張口咬碎迎面撲來的巨狼，或是揮爪搧爆火焰大鷹。

安迪又畫一咒，舉起手，第三面更為寬大的血色光陣浮現在他頭頂上方。

光陣裡竄出一條條似蟒似鰻的長體大獸，那些蟒獸粗得如同汽油桶、較細的也接近電線桿，一條條騰空蟒獸，搶在往前推進的兩隻巨獸前頭，往硯先生竄捲而去，將硯先生團團纏繞，纏成了一顆直徑數公尺長的巨大蟒球。

蟒球不斷勒緊，兩頭巨獸衝到那蟒球前，發狠扯咬著蟒球，像是想將埋在裡頭的硯先生生吞活剝。

「不會吧──」眾人見安迪竟能變化出那巨大如同恐龍的怪獸，且第三咒就將硯先生纏繞束縛，可都嚇得魂飛魄散。腦袋裡想的都是黑摩組安迪竟然強悍到數招內便困住這日落圈子裡名滿天下的大狐魔──

「駕、駕駕！」硯先生的聲音自那巨大獸頭上響起。

眾人驚訝望去，只見硯先生不知何時鑽出了巨蟒，繞上那多頭巨獸腦袋，還揪著一條條纏繞著巨獸頸子的黑籐，不停甩動，像是騎馬一般。

「咬牠們、咬這些大蛇，對、咬呀——」硯先生像是個跨上玩具機車的孩童般興奮叫嚷著。

一旁那八爪怪鷹，轉向舉起前四爪，往多頭巨獸——同時也是硯先生腦袋上重重扒下，將那多頭巨獸轟隆扒倒在地。

一旁的蟒獸纏捲了一陣，像是終於發現獵物早已溜出，便鬆開身子，啪啦一聲化爲一陣血雨後消散；同時那被怪鷹拍倒在地的多頭巨獸，身子也竄出紅煙之後化散。

「咦？怎地沒翅膀，這怪東西分明是隻雞，不是鷹吶！」硯先生再次自那八爪巨鷹腦袋上站起，同樣揪著黑色藤蔓韁繩不住甩動；他以藤蔓勒扯大鷹脖子，逼牠轉向對準安迪，跟著猛甩韁繩，驅使大鷹往安迪踩去。

轟隆一聲，大鷹炸出巨大火焰——

這八爪大鷹與硯天希的火鳳凰、硯先生的大火鷹術出同源，不但能啄能抓，也能燃火爆炸；自然，功力遜色許多的夏又離，便只能放出火焰雞、火焰鴿子、火焰麻雀之類的小東西。

「啊呀，好燙啊！燒死我啦，啊喲，救命呀——」硯先生的慘叫聲沙啞而尖銳，偶爾卻又挾雜幾聲嘻嘻嘿嘿的笑聲。

「硯先生。」安迪淡淡笑著說：「您就別捉弄我了，那火怎麼可能傷得了您。」

「嘿嘿。」硯先生踏出火堆，身上縈繞著淡淡青光，那些青光似乎具有隔絕烈火的功效。

安迪望著朝他走來的硯先生，緩緩伸出手，說：「前輩，幸會。」

「你小子要跟我握手呀。」硯先生連連搖頭，說：「這人類把戲我才不想玩。」

他儘管這麼說，卻還是舉起了手。

「嗯？」硯先生一時間露出茫然的神情，像是還不明白自己爲何會舉起手，且朝安迪伸去。

「我做過許多功課。」安迪笑著說，像是見著故友一般大力握著了硯先生的手，同時以左手拍著硯先生手背。

每拍一下，手與手之間便綻放一陣異光。

硯先生的雙眼也同時綻放著異光。

「很多年以前，你們稱這黑夢作『壞腦袋』，對吧。」安迪靜靜地說，他背後四隻大手緩緩地轉動起傘柄，巨傘上的符籙繩飾又飄揚起來，傘面緩緩張開。

「是啊……咦？咦？」硯先生噫噫呀呀地嚷嚷起來：「爲啥我動不了呀？我又不怕壞腦袋。」

「你一直以爲你不怕壞腦袋。」安迪說：「那是因爲你的力量太過巨大，能夠讓你用蠻橫的力量在黑夢裡橫衝直撞，但你的心神依舊會一點一滴被黑夢的力量侵襲；你仔細回想一下，你過去跟壞腦袋玩耍、打架的時候，從來沒有在壞腦袋的壞腦袋裡頭，待上這麼長的時間，對吧。」

「是啊……以前最長一次，是三天三夜。我搶了他一個寶貝，他使出壞腦袋困住我，那是我跟他打最久的一場架。最後我還是贏了，我將他打哭了……但後來也把東西還他了，因爲我玩膩了，我可沒欺負他呀。」硯先生喃喃地說，不停試圖抽出手，但他右臂像是失去力氣一般，怎麼也抽拔不出。

「你對我做了什麼？爲啥我兩隻手都沒力氣？」硯先生舉起左手，試著施展墨繪，但他左手立時也被安迪握住，兩人像是武俠電影裡的角色比拚內力一般，雙手互握，大眼瞪著小眼。

嘩啦一聲，安迪背後那大傘終於揭開，硯先生抬頭，只見傘面內側竟還繫著超過五十支小紙傘。那些小紙傘便一般正常紙傘大小，傘身中央被紅繩圈著，繫於巨傘傘面內側，呈放射狀指向四周。

「我帶了你的老友來見你。」安迪這麼說，輕輕彈了一記手指。

巨傘內面垂下一條條黑色鎖鏈，鎖鏈上縈繞著凶毒戾氣，一個巨大的年邁老人身影，頭下腳上地隨著那些鎖鏈緩緩往下降。

老人巨大的身軀上捆著無數條鐵鍊，那些鎖鏈穿進他的肉，纏捲著他每一根鎖骨、肋骨、脊椎和臂骨。

「安迪。」老人伸著手指，滑過一支支小紙傘傘身，喃喃地說：「你要讓硯先生見壞腦袋？」

「是呀。」安迪點點頭。「麻煩你了，寶年爺。」

「這麼見外。」老人哈哈笑了幾聲，巨傘快速一旋，隨即停下，老人的手指剛好停留在一支紙傘上。

他點了點那紙傘，紙傘倏地落下，在空中張開；紙傘的傘尖處繫著一條紅繩，吊著紙傘垂在空中。

「啊……」硯先生望著自那紙傘底下緩緩垂至他身旁的那傢伙。

那傢伙形貌古怪。身材五短、肚子突圓，兩隻腳盤著腿、兩隻手被鐵鍊縛於身後。

「壞、壞……」硯先生瞪大眼睛，望著那怪傢伙，他從對方肚皮上一枚小刺青，認出這傢伙應當就是他那老友壞腦袋，但這壞腦袋——

沒有腦袋。

這個壞腦袋的腦袋位置，插著一顆奇異的草紮頭。

草紮頭上畫著猶如惡作劇般的塗鴉五官。

「你是壞腦袋？」硯先生茫然地望著距離他不到一公尺的壞腦袋。

壞腦袋全無反應。

「他就是你的老友壞腦袋。」安迪說：「他的腦袋被放在黑夢中央，也是這一切的起源地。」

「原來你們抓了壞腦袋，偷了他的腦袋，使用他的法術。」硯先生喃喃地說。

「實際上的過程複雜很多，不過你的結論跟事實相距不遠。」安迪淡淡一笑。

「現在你們來抓我了。」硯先生望著安迪，又望向他背後那巨傘。「你們想將我也關進傘裡。」

「我們會奉上新的傘。」安迪答：「這把傘怎麼配得上你的身分。」

「我不要。」硯先生說：「神經病，誰要住傘裡。」

「前輩，你要不要不是問題。」安迪淡淡一笑：「我要就行了。」

「哼、哼哼……」硯先生試著抽動雙手，但他一雙胳臂本來那開山裂地的力量，在黑夢作用下消失無蹤，被安迪輕輕握著，一動也不能動、也不能施展那神妙的墨繪術；他皺眉說著：「你放開手，我身子癢，想抓抓喲。」

「前輩，放輕鬆，其實不用這麼累。因爲現在你的任何反抗都沒有意義，黑夢已經控制了你；你是不是覺得奇怪，明明自己身處在一個應該相當憤怒的情境裡，但卻沒有什麼怒火？黑夢壓制了你的怒氣，這是因爲我希望能和你好好溝通。」安迪臉上仍然維持著優雅的笑容，他像是一個翩翩紳士，從容地說：「我知道你的墨繪術裡，有一招專門破解結界的『迷狐狸』，你的力量太強大了，我必須抓著你。」

「誰說的，我才沒有那招。」硯先生連連搖頭，說：「而且誰說我被什麼屁夢控制呀，我又不怕壞腦袋。哼！放手，我想抓癢、我想小便，你再不放手我就尿你腳上啦。」

安迪沒有回應，只是仰頭向那傘裡的老人挑了挑眉。「寶年爺，拜託你啦。」

「別那麼客氣。」那頭下腳上倒掛在傘裡的巨大老人身影嘿嘿一笑，巨傘垂下更多黑色鎖鏈，那些鎖鏈如蛇一般往硯先生滑去，捲上他身子、勒住他頸子、纏上他雙臂、繞上他雙腳，像是想將他捆成一只大繭般。

黑色鐵鍊色升起黑色的煙霧，黑色的煙霧飄動旋繞，往硯先生眼耳口鼻裡鑽。

硯先生仰起頭，嘴巴微張，雙眼被那黑色煙霧染得一片漆黑，身子顫抖起來。

另一頭，在硯先生大戰安迪的同時，長門則掩護著眾人，往忠孝橋另一端的三重方向且戰且退。

三隻黑影巨人六柄大刀呼嘯亂斬，長門弦音綿延不絕，六柄銀色銳刃遮架格擋，嚴密守下黑影巨人百來記斬擊。

長門再退一陣之後，陡然進一步加快弦音，在六刃之外，又撥出兩枚銀球，倏地往三名黑影巨人打去。

那兩枚銀球在空中化爲長繩銀索，一條捲上左邊巨人的左手和中間巨人的右手；另一條捲上右邊巨人的右手和中間巨人的左手。

瞬間，三個巨人共四隻手被銀索纏繞，動作一下子遲鈍許多。

同時，長門再一次加快撥弦手勢，噹隆隆噹噹一陣重音連響，六柄銀刃忽地左右分開成十二柄銀刃，上下左右橫劈豎斬，將那三隻黑影巨人斬得七零八落。

三隻黑影巨人四散的身軀碎塊落下消散，後方地板立時又掀起六隻更加碩大的黑影巨人，每個巨人都有六隻手，共三十六柄巨大黑刀。

莫小非嘻嘻笑著，交叉著手緩緩往前走，她雙手各一指上分別浮現出一白一黑的奇異筋脈，延伸至她的臉龐再擴散成葉脈狀；白色的筋脈閃動著異光、黑色的筋脈如蚯蚓般緩緩蠕動。

她的雙眼一隻全黑、一隻全白。

她摘去了兩枚戒指。

六名巨人，三十六柄黑影大刀，如同暴風、如同凶浪般地朝著長門等人狂劈亂斬。

「啊呀！」「快、快退……」「纏住了……線纏住了！」張意、孫大海、夏又離三人毛躁退著，他們為了防止黑夢影響心智，頸子上插著銀針，與張意交換魄質，但也因此被綿線限制了行動。

長門眉頭緊蹙、緩步後退，撥弦的手快得幾乎看不清，豆大的汗珠自她額上臉上滑下。她緩步後退，琴音化出的十二柄銀刃僅能嚴防死守，再也無法騰空攻擊。

磅噹一聲，一柄銀流銳刃在三隻黑影大刀鉗剪夾擊下暴裂碎散，跟著又是兩聲碎響，琴音銀刃只剩九支。

長門死命操使九柄銀刃格架黑影巨人一陣又一陣的奔騰亂斬，已騰不出空再彈新音添新刃。

「師弟，幫忙啊！」摩魔火氣呼呼地操縱起張意雙腿，阻止他繼續胡亂後退，張意被摩魔火以蛛絲扭轉身子，面向黑影巨人群，一手摟著七魂，一手舉起那塡裝了百斬咒的玻璃瓶子，瞄準了一個黑影巨人，解開瓶口封印，轟隆射出一枚符彈。

幾十支銳刃在那黑影巨人腦袋上亂斬一陣，斬得那黑影巨人腦袋爆碎，單膝跪下，六隻手都垂了下來——然後隨即站起，瞬間長出新腦袋，重新舉起六臂，轟隆隆繼續殺來。

莫小非的笑聲遠遠地響起。

「長呀，百寶，現在再不長，恐怕就沒辦法長大啦——」孫大海摟著他那神草小盆栽，他所有符籙葉子在取手那戰都用盡了，此時只能冀望他懷中那小盆栽能即時發威。

「破山、力骨！」另一側的夏又離吸了口氣，連續畫出兩咒，他的右手陡然暴長粗壯，胳臂脹得猶如電線桿，拳頭變得比一顆籃球還大上好幾號——這是墨繪術「破山」。跟著他將第二咒往身上一按，全身黑氣奔騰，一副漆黑骨架自他背後現形——墨繪術「力骨」。

破山的作用是讓拳頭強大百倍，力骨則是進一步提昇全身力量。

夏又離畫出第三咒，一株小樹自他手上光陣竄長出來，那小樹枝葉茂密還開著朵朵鮮花，轉眼變成大樹。夏又離以那破山大手抓著樹幹，朝著一隻影子巨人攔腰打去，轟隆一擊將那巨人打倒在地。

倏倏、倏倏倏——孫大海手上那小盆栽在孫大海喃唸第十二次神草咒語之後，終於有了反應，本來僅一吋高的小芽突然往上竄長了數十公分，枝開葉散，長成一株小樹，還開出一朵朵花，每朵花的形貌顏色都不相同。

「哇！」孫大海欣喜地抱著那盆栽，聞嗅不同花朵的氣味，捏捏細枝摸摸葉子。一旁的張意見了孫大海懷中也多了株樹，嚷嚷地問：「老孫，怎麼你也會夏又離的法術？」

「不一樣，我這是神草百寶樹！」孫大海捏著百寶枝葉，連續誦念幾次咒語，百寶卻全無反應，他急得淌了滿臉汗，一面向張意解釋：「我每顆神草種子長出的東西，有不同功用，對應不同咒語。但那麼多咒語，我哪記得住呀，一堆種子法術，就這百寶變化最多了……吃飯的、戰鬥的、治傷的、嗯嗯……食醫鬥、鬥……啊呀，我想起來了！食、衣、鬥、樂——」

「什麼食醫鬥樂？」摩魔火和張意一齊問。

「鬥！現在要鬥！」孫大海一手托著小盆，一手撫著枝葉比劃施咒，反覆喃唸著同一段咒語；在他修改了幾個音、換了幾種施咒手勢之後，那截小枝陡然綻放出美麗光彩，往前長出好一大截，開出一朵美麗紅花，跟著迅速凋零，結出一顆怪模怪樣的果實。

那果實大小外型如同甜椒，顏色也是甜椒裡常見的黃色，但外皮遍布古怪裂紋。

孫大海摘下那黃椒在手上秤了秤，又唸了一段咒語，那黃椒上的裂紋立時綻放出光芒。他嘿地一聲，將那黃椒拋向兩隻影人腳下。

黃椒落在地上彈了兩下，突然金光四射，炸出數十道金色電光，捲上那兩個影子巨人腿足，自他們下身往上竄捲，一路炸上他們腦袋。

由於後方男人們的參戰，減輕了前頭長門負擔，她猛攻一輪擋下影子巨人所有攻勢，突然向後一退，退到張意身旁，伸手在他背後那大罈拍了幾下，快速畫下數道咒術。

大罈微微震動起來，五股濃醇魄質循著棉線流溢，分別灌入張意、夏又離、孫大海、摩魔火和長門身子裡。

「喝——」站在最前頭的夏又離首先受惠，他道行遠不如硯天希，使出的力骨咒和破山咒無法持久，但被這大罈魄質一灌，背後那力骨立時壯闊一圈，破山胳臂也結實許多，捏著那墨繪花樹咒變出的巨樹，轟隆一聲又轟倒一名影子巨人。

「師弟，我們也上！」摩魔火被那魄質一灌，背上紅毛飄揚，頭胸複眼精光大盛，揪著蛛絲拉動張意手腳，指揮他往前衝鋒；張意害怕觸怒七魂，不敢拔刀，只能輕輕攬著，另一手舉著玻璃瓶對影子巨人噴射符彈。

孫大海又拋出幾枚閃電黃椒，見百寶長不出新果，知道這剛發動的神草終究力量有限，突然靈機一動，咬破指尖，將充滿了大鐔魄質的鮮血滴在小盆栽土上，他再施法結果，噗通通又長出三枚果子，那果子色澤褐紅，外觀像是石榴，果皮上同樣滿布裂紋。他摘下一枚裂紋石榴，往那影子巨人扔去，轟隆爆出火光，這是枚火焰果子。

長門在後頭休息數十秒，再度提琴上陣，有了大鐔魄質加持，她輕輕撥弦，就是六股沙灘球大小的銀球；銀球流溢成刀狀，尺寸比先前的銀刃大了數倍，轟隆隆地對著餘下幾隻影子巨人狂劈猛斬。

「他們怎麼突然變強了？那小子背後揹著那什麼東西？那是……華西夜市的魄質鐔子？」莫小非咦了一聲，不解地望著身旁的宋醫生。

「是啊。」宋醫生哼哼一笑，說：「那小子還有抵抗黑夢的能力。」

「有這種事？」莫小非露出驚訝的神情。「我想看。」

「妳不是要我盯著老狐狸？」宋醫生笑著說。

他們兩人同時望向另一邊的安迪和硯先生，只見硯先生被安迪抓著雙手，身上纏繞著鐵鍊，一股股黑煙往他眼耳口鼻裡鑽。莫小非說：「安迪已經成功制服那老狐狸了，應該不用我們幫忙了吧，你快用黑夢對付他們，我想看看那小子怎麼不怕黑夢。」

莫小非邊說，邊又跺了跺腳，踏出幾道黑影，化出一群影人。

這批影人並未持刀，只是掄著拳頭圍上長門等人張牙舞爪，像是刻意送去的活靶一般。

「嗯。」宋醫生點點頭，往前走了幾步，直勾勾地盯著長門等人。

「哇——」夏又離等人驚叫一聲，他們陡然騰空了數十公分，然後落下。

「當心，他們開始使用黑夢力量了！」神官嚷著嗓子，將長門的叮囑大聲轉告眾人。

「別慌，有我師弟的魄質加持，撐得住！」摩魔火急急地說。

「大家站近點，別扯斷了線！」孫大海也出聲提醒，他瞥見遠處那受困的硯先生，說：「大狐魔前輩怎麼辦？我們不去救他？」

「怎麼救啊？前面擋著那兩個傢伙，我們光打這些影子人，就耗盡全力了。」「他是天希的爸爸啊。」「連大狐魔都打不贏黑摩組頭子，我們怎麼打得贏？」「但是沒大狐魔的力量，我們未必逃得了。」

眾人一時間不知該進該退，倘若失去了硯先生這強力靠山，宋醫生和莫小非聯手，能夠殺死他們十次了；但要救硯先生，同樣也得通過莫小非和宋醫生，那兩個傢伙可不會笑嘻嘻地讓出一條路。

倏——除了張意以外的人，再一次離地騰空之後，才又落下。

那些影子人只是張牙舞爪，並未趁機搏殺。

「眞的耶！」莫小非瞪大眼睛盯著張意，跟著跺了跺腳，倏地鑽入自己踏出的影子裡，然後再從張意面前竄出，伸手捏了捏他的臉，說：「你這小子好稀奇喲，你不怕黑夢？你就是伊恩的繼承人？你就是阿君之前說的那小子？」

「哇！」張意駭然大驚，可沒想到莫小非竟突然在他眼前出現。

摩魘火的烈火和長門的銀刃同時打向莫小非。

莫小非避也不避，被那烈火燒上頭臉、被那銀刃斜斜地當胸斬過，她腦袋還燃著火，兩隻胳臂和燃著火的上半身都落在地上，化爲灰燼。

莫小非那下半邊身子跳了跳，斷處倏地又化出了一個一模一樣的上半身——只是影子。

「你們很煩喔，別打岔。」莫小非的擬人影子轉頭，冷冷望著長門，再望望夏又離，說：「小離，我等等再跟你敘舊，我先跟這小子聊聊。」

「妳……」夏又離一面和影子人搏鬥，也不知怎麼回答莫小非。

「黑摩組，沒得聊！」摩魔火怒火沖天，又吐出一團火。

這次莫小非那影子揚了揚手，像是拍蚊子般將摩魔火吐來的那團火一把撥掉，再格開長門斬來的那道銀刃。

宋醫生跟在莫小非身後，緩緩地走，他踩過的地方開始異變。

巨大的腐鏽鋼骨自忠孝橋兩側彎弓竄起、交錯相連，自宋醫生身處之處逐漸往前推進。

橋梁的路面隆動起來，一張張人臉猶如被壓在半透明的膠膜底下向外推鑽，偶爾有奇怪的腦袋鑽破地面，往張意等人的小腿扒去咬去。

「哇！」張意等人一面與那莫小非帶頭的影人隊伍纏鬥，一面持續往後退，他們距離忠孝橋尾端僅剩數十公尺的距離。

那些堆築增建的鋼骨推進速度，遠遠超過張意等人後退的速度，轉眼之間，張意等人站身之處，便從橋梁變成了巨大鋼骨隧道，且隧道末端轟隆砸下一道巨大厚實的鐵門。

「別擔心！」摩魔火大喊著：「我師弟能推開那道門，大家繼續退——」

「眞的嗎？」莫小非盯著摩魔火，又對張意說：「你眞能推開黑夢的門？我不太相信呢，眞想親眼見識一下。」

「小非。」宋醫生搖搖頭。「我建議妳現在制服他們。」

「可是我想看他推開黑夢門的樣子。」莫小非嘟著嘴說：「你看過、阿君看過，就我沒看過，我很好奇他是怎樣推開門的。」

「七魂還在他身上，還有……」宋醫生盯著張意懷裡那把七魂，和握著七魂刀鞘的那隻斷手。「那是——伊恩的手？」

「伊恩死了，七魂又有何用？」莫小非哼哼一笑，伸手就將張意懷中的七魂搶到了自己手中。

銀光閃動，直取莫小非影子腦袋，這次不是琴音刀刃，而是長門持撥親身竄來。

莫小非哈哈一笑，身影化散成煙，捲著七魂便要往地下影子裡鑽。

喀啦一聲，七魂和伊恩的斷手卻卡在地上，沒有被拖進影子裡。

莫小非的身影自另一處橋面地板竄出，望著那橫擺在地上的七魂，不解地說：「怎麼拉不進來？」

發——

「小心。」宋醫生皺了皺眉，揚手示意莫小非留心那七魂，突然感到身後一陣凶氣爆

雙手被安迪握著的硯先生，整張臉因爲被灌滿了巨傘黑氣而變得漆黑一片，那倒掛在巨傘下的老人皺著眉頭，露出狐疑神情；安迪雖面無表情望著硯先生，但似乎也隱隱感到有些不對勁，硯先生本來因黑夢影響而逐漸無力的細瘦胳臂，漸漸地發出了力量，且是令安迪會感到此許壓力的力量。

「黑夢還不能完全壓制他的力量？」安迪喃喃說著，長長吸了口氣，雙臂肌肉浮凸起誇張筋脈，加強壓制硯先生的力道——

硯先生身子激烈顫動起來，一雙細瘦胳臂不時一撮撮竄出黑毛然後消失，臉龐劇烈變化，時狐時人。

「小、小子……」硯先生嘴巴喃喃唸著：「我還是，比你更熟悉，這壞腦……袋，不要以爲，你這樣，就能困得住我……我的墨繪，很厲害的……」

「完全同意。」安迪點點頭說：「但你無法畫咒。」

「我能……喲。」硯先生微微張著口，那一股股的黑煙仍然持續不斷往他口鼻裡灌。

「我能畫咒……喲。」

「這麼多黑氣也弄不昏他，這老狐狸真有一套。」巨傘底下那倒掛老人伸出纏繞鎖鏈的雙手，緩緩伸向硯先生，更多黑煙自他手上鎖鏈蒸騰散出，滾滾灌進硯先生口鼻。

「我能……畫咒喲……」硯先生臉型持續幻化，變成狐樣的時間超過了人樣的時間，被安迪抓握住的雙手，也不時變化成狐狸兩隻前爪。

他的身軀也不停在人體、狐體間變化。

一條毛茸茸的黑色尾巴，自他那幻化成狐體而鬆開了的褲腰帶裡蹦彈出來——凌空擺動數下。

甩出點點墨汁。

安迪終於露出訝異的神情，那條毛茸茸的狐狸尾巴的擺動極有規律——那是在畫咒。

一個巨大的符籙光陣陡然出現在硯先生狐體後方，光陣裡竄出一大片雪白。

那是一隻又一隻的白色狐狸，那些狐狸有的落在硯先生身上、有的四處蹦竄、有的滾地玩耍、有的彼此追逐。

那因宋醫生施展黑夢力量，而凹凸起伏甚至埋藏無數鬼臉的橋面，被雪白的狐狸們踏過，出現一道道裂痕。

橋梁上空那結成猶如隧道壁面般密密麻麻的鋼骨鐵柱，發出了喀啦啦的聲響，搖晃震動起來，落下一枚枚的螺絲和細碎的支架。

「墨繪，迷狐狸……」安迪感到硯先生被他握住的雙手，力量再次增強，儘管他的身體在摘去全部的戒指之後，並沒有出現太大變化，也沒有顯露出因爲力量極速增強而造成的情緒波動——

但這並不代表他並未出力，事實上他早已使出了全力。

硯先生是千年狐魔，是日落圈子裡的至高頂點，即便黑夢壓制了硯先生大部分的力量和一部分情緒反應，但安迪仍然得使出全部力量，才能壓制住硯先生兩隻手，但他沒有料到硯先生能用狐狸尾巴出墨畫咒。

「哼，我就說我能畫咒……」硯先生身子又恢復了人樣，但一條大大的狐狸尾巴卻仍探在褲子外頭揮旋亂擺，倏地一甩，甩出點點墨汁，像是想畫第二咒。

一隻巨大灰手自硯先生身後地板忽地竄出，握住了硯先生那狐狸尾巴。

宋醫生遠遠地單膝跪地，右手按著地板，左手拇指推去手上一枚枚戒指。每一枚戒指噹啷落地，他雙眼綻放的光彩中便又多出一種顏色。

更多巨手自硯先生和安迪身邊竄出，將硯先生的身軀牢牢握住。

上方，巨傘裡那被安迪稱作「寶年爺」的巨大倒掛老人身影，兩手一張，提著鎖鏈在硯先生頸子上纏繞了好幾圈後緊緊勒實，同時催動更爲巨量的黑色煙霧往硯先生口鼻裡竄。

雪白的狐狸們仍然不住自硯先生背後那符籙光陣往外蹦竄。

掛在一旁的壞腦袋身軀微微晃動。

整座忠孝橋上的黑夢鋼骨被迷狐狸破壞崩塌之後，立時又長出新的——黑夢與迷狐狸間的破壞和修補持續對抗著。

「啊呀！」莫小非被背後那劇變嚇了一跳，散去了自己的影身，在另一處現出眞身，見硯先生在安迪和宋醫生、巨傘裡的寶年爺聯手下，再一次被壓制住，這才鬆了口氣，繼續將目標放回張意等人身上。

「好了，不跟你們玩了，我要速戰速決了。」她輕輕跺腳，跺出一票影人士兵，領著影人們大步往張意等人走去。

夏又離出墨畫下新咒，在大鐔魄質加持下，夏又離也使出了懶人手畫出七道大火咒，巨大的火鷹倏地往莫小非竄去，被莫小非隨手揚起的影浪撲熄。

孫大海擲出了一枚枚電甜椒和火石榴，都被莫小非跺出的影手接著捏滅。

長門彈出一陣激烈弦音，銀流竄旋成數十柄銀刃同時突刺快斬，這才逼得莫小非往後退開。

莫小非又摘下一枚戒指，全身變得五色斑斕，召出更多影子刀刃，強襲壓過長門的銀刀陣勢，竄到了夏又離身邊，一把握住夏又離又欲出墨畫咒的手。

「小離，跟我走吧，你是我的。」莫小非猛一揚手，竟將夏又離高高拋起，在空中翻騰數圈，重重摔在她身後數十公尺處的橋面，幾隻影子士兵倏地自他身邊掀起，七手八腳地架住了他。

「還有你，你是宋醫生的。」莫小非一面單手格開長門銀流刀斬，一面揪住孫大海的衣領，也將他往後一拋，孫大海摔在路面，只覺得全身骨頭都要散了，仍緊緊抱著他那百寶神樹，被兩個影人按壓在地上。

「再來……你是阿君的。」莫小非揪住了張意胳臂，同時側頭閃開長門近身持撥突襲，抓住她持撥手腕，盯著她說：「妳漂亮，不能給安迪，我會吃醋，只好給鴉片了，算妳倒楣。」

她這麼說的同時，輕輕跺腳，身邊竄出六隻影人，七手八腳地架起張意和長門。

「這個。」莫小非揚起手，接過一名影人士兵捧來的七魂。「是安迪……」

莫小非還沒說完，鼻子便捱了那影人士兵重重一拳。

穿著厚重青色盔甲的霸軍自張意身後現身，雙手一張，將架著張意的兩個影人腦袋轟隆打扁；明燈將三張符貼在長門周身三個影人後腦上，炸碎了影人腦袋。

莫小非在鼻子中拳的那瞬間，還搞不清楚狀況，但還是敏銳得格開那影人士兵迅捷如電的第二拳和第三拳——

這比其他影人士兵矮小好幾個腦袋的影人，當然不是莫小非的影人。

而是七魂裡的無蹤。

無蹤出腳快如閃電，三記旋踢之後，接著一記高踢踢成了一字馬，下一刻腳跟斧頭般直直往莫小非腦門砸下。

莫小非一手還抓著七魂，一手接著無蹤那記下劈，啪嗤一捏，將無蹤腳踝捏成碎散煙霧——

啪！莫小非鼻子又捱中無蹤一記刺拳。

跟著是無蹤那被捏毀腳踝的右鞭腿，以及左旋飛踢。

此時無蹤出戰的影體，和小非那些影人一樣，都是影術，即便受到外力破壞，也不痛不癢，能毫無停頓地出招。

莫小非鼻子重擊兩拳，連鼻血也未落下，但怒火卻急燒暴竄，大喝一聲，重重一腳跺在地上，周身影浪掀起，瞬間將無蹤吞沒。

下一刻，無蹤在莫小非背後竄起，又被莫小非即時喚出的影人架開。

十數秒間，莫小非接連遊走數個位置，無蹤總是瞬間在她身邊出現施以奇襲，有時被她擋下、有時被她擊碎、有時也能打著她一記巴掌。

「哼，原來如此！」莫小非見到張意和長門身邊的影人都被擊潰，霸軍和明燈身下那光流絲線延伸至自己手中的七魂鞘身，這才明白這些傢伙就是傳說中伊恩神刀裡那些魔物；她盯著再次現身面前的無蹤——無蹤並不是眞的來無影去無蹤，而是被自己提著跑，當然老是出現在自己身旁。

莫小非一巴掌拍散了揮拳擊來的無蹤。

跟著她將七魂重重往地上一按，同時又以拇指推去兩枚戒指。

龍捲風般的風暴凶氣自她身邊竄炸開來，將衝來迎戰的長門震飛老遠；在莫小非這麼一按之下，霸軍和明燈旋即消散。

莫小非右手按著七魂刀柄頂端，接連跺地，一道道黑影鞭籐捲上七魂，似乎想要憑著指魔蠻力強行鎭壓七魂。

她按著刀柄的手背上陡然穿出一柱銀刺——是雪姑的蛛絲刺。

刀鞘上那一圈圈影子鞭藤的縫隙之中金光四射，射出一陣符籙飛旋幾圈，貼上那些影子鞭籐，頓時將那些影子鞭籐炸得四散崩裂——明燈的符。

莫小非用口啣下左手上剩餘戒指，再用左手握住七魂刀柄，右手一抬，將手抽離那刀柄頭端竄出的蛛絲尖柱。

她的左手背上立時也穿出幾柱銀絲尖柱。

她用口啣下右手上剩餘戒指。

更劇烈的龍捲風暴自她周身炸開。

長門試著以銀流劈開那龍捲風暴，但銀流刀刃劈在那風暴壁上，像是菜刀砍在岩石上般反彈開來。

另一邊，夏又離使勁了全力催動背後逐漸消散的力骨，打翻了那尚自等待莫小非下達新命令的影人們，一把托起癱坐在地的孫大海，攙扶著他要往張意和長門的方向逃；但他們頸上的銀針在被莫小非拋遠時早已脫離，體內抵抗黑夢力量的魄質逐漸耗盡，此時儘管宋醫生沒有直接對他們施加黑夢壓力，但黑夢在硯先生迷狐狸破壞又極速修補下，散發出的強烈扭曲的特異力量，還是讓夏又離和孫大海感到劇烈頭暈。

「唔、哇……」夏又離攙著孫大海，只感到天旋地轉，五臟六腑都在翻騰，乾嘔了幾下抬起頭，見到前方莫小非摘去全部戒指後炸出的龍捲風暴，只覺得像是一堵牆。

「我……逃……神草……」孫大海神智不清地抱著神草百寶樹，下意識地不停念咒，百寶樹上結出一顆顆奇異果子。

在黑夢力量和迷狐狸的激烈對抗下，橋面起伏不動，頭頂上方的鋼骨支架歪斜扭曲，有些鋼骨轟隆隆地斷裂墜落橋下；這讓本來暈眩的夏又離和孫大海，更難以控制行進方向，他倆攙著對方胳臂，搖搖晃晃走了一陣，只覺得什麼東西在前擋住了他們的去路。突然轟隆一聲，地面又是一陣隆動，腳下一整塊地面陡然高起，將他們震得騰空彈起——

然後落下。

地面似乎比他們想像中來得更遠——撲通！

一陣沁涼使得夏又離略微清醒，但隨即他感到四周都是水，咕嚕嚕地喝了好幾口水，手忙腳亂地胡亂撥水，探出了水面，抬頭只見那忠孝橋高高地聳立在他們上方。

原來他們在恍惚中走到橋梁邊緣，被那記震盪震得翻過了橋，落進了淡水河裡。

「啊，你……」夏又離見到身邊漂著一個人，是孫大海。孫大海似乎已經暈厥，毫無反應地漂在水上，雙手還緊緊抱著他那百寶樹。

夏又離連忙游去，試著救起孫大海。他腦袋仍然受那黑夢影響，時而暈眩、時而恍神，甚至反胃嘔吐。

他費力游追許久，隱約只見孫大海一直漂在他前方，腦袋始終被撐在水面上，像是水下有什麼東西托著他後腦一般。

橋上，激烈的對抗仍未止息。

硯先生背後那墨繪術迷狐狸的符籙光陣效力依舊強橫，無數的雪白狐狸持續鑽出，在怪異車隊中鑽竄玩耍，持續破壞結界；而掛在巨傘下那個沒了腦袋的壞腦袋，身軀緩緩轉動，也持續加持黑夢。

巨大的鋼骨斷了又長、長了又斷；古怪凹凸的橋面碎了又癒合，癒合了又碎。

安迪滿額大汗，十隻手指裡的指魔力量催動到了極限，眼前的硯先生吸飽了巨傘寶年爺股出的飽滿黑風、被捆上密密麻麻的鎖鏈，身軀頭臉全變得像是黑墨一樣黑，一條尾巴被宋醫生施出的巨手緊緊抓著。

宋醫生也摘下了全部戒指，單膝蹲地，一手按胸、一手按地，他按地的手有些扭曲，光是緊抓硯先生那條大尾巴，阻止他用尾巴畫咒，就耗去了他大部分的力量。

另一端，莫小非周身旋起的那龍捲暴風，出現一豎紅光，將風暴一分爲二。

倏地風暴止息，莫小非雙眼圓瞪，望著猶自壓握著七魂刀鞘的兩隻胳臂，詭異地垂下。

她試圖靠近自己的雙手和七魂，想將它們通通搶回來，終於發現自己無手可用，她這才意識到那陣紅光不但展開了龍捲風暴，也斬下了她的雙手。

七魂刀刃，露出一截在刀鞘外。

握著七魂刀柄上的伊恩斷手，手背那顆眼睛大大睜著，發出湛藍色光芒。

「藍眼睛，像寶石一樣……」莫小非望著伊恩斷手上那眼睛，用力跺了跺腳，數隻巨大的影人自她背後掀起，影人揮動巨手去搶那七魂。

霸軍現身，舉著大槍擋下影人胳臂；明燈兩張符貼在影人胳臂上燒出烈火。

飛快竄來的無蹤，一陣連環快拳加上一記飛躍膝頂，頂上莫小非下巴，將莫小非頂得仰起頭來，讓她從搖晃的腐繡鋼骨縫隙間看見了天空。

全身灌住指魔力量的她，並未被無蹤所傷，但低下頭時，只見七魂一下子離她好遠。

長門彈來了銀流搶回七魂。

七魂刀柄上雪姑收回了蛛絲銀刺，莫小非被釘在刀柄上那兩隻胳臂這才落地，胳臂斷處，是灰白色的骨肉斷面，沒有一丁點血色。

「追——」

莫小非發出了凶暴粗野的怒吼，腳下鑽出一個又一個的影人，瘋狂追殺長門和張意。

長門捲回七魂，拋給張意，一面撥出銀流刀刃大戰近逼的影人，跟著回身撥弦，彈出一道銀流捲著了忠孝橋盡頭一處路燈，再彈出兩道銀流纏著自己和張意的腰。

第三撥，銀流飛快縮合，將她和張意往那橋梁盡頭拉去。

「哇——」張意感到自己像是反坐雲霄飛車一般往後飛梭，只見莫小非本來離他們越來越遠，但是幾聲尖銳咆嘯之後，又像是飛彈一樣轟隆追來。

被斬去雙手的莫小非，踩著地上堆疊炸出的影人身子，越衝越快，比長門的銀流飛梭還快。

莫小非的臉龐此時五色斑斕，像是被頑皮學生用顏料塗壞了的畫布一樣，儘管她此時沒有雙臂，但緊跟在背後的巨大影人群揚著巨拳張牙舞爪，彷彿一旦靠近就能將他們生吞活剝一般。

「張意，握著我的手腕。」

伊恩的聲音鑽進張意的耳朵裡。

「老大？」張意愕然低頭，見到懷裡的伊恩斷手藍眼大張，連忙照他吩咐，握住了斷臂上纏裹著巾布的前臂骨。

「老大，你醒啦——」摩魔火攀在張意頭上，見到伊恩手背上的藍色眼睛，像是賭徒中了樂透彩券一般瘋狂吼叫起來。

「我醒很久了，但累得睜不開眼睛，也發不出聲音。」伊恩斷手答。

「哇！」張意感到左手一緊，只見左手握著七魂刀鞘的部分，不知何時已被銀絲纏繞，那銀絲不僅纏繞著張意左手，還纏上了他的右手。

伊恩那隻始終握著刀鞘的斷手，緩緩張開。

斷手彷彿有生命般自主移動，往上挪移一段之後，握住了刀柄。

「我教你怎麼拔刀。」伊恩的聲音也不知究竟從斷手哪兒發出的。

張意還不知如何應答，只感到雙手自己動了起來——將七魂提到了左側腰際，跟著他感到腳下一震，已安然落地。他本能地想跑，但在摩魔火的控制下，連雙腳也動彈不得。

長門急促撥弦，弦音和銀光交織成數道大刃，斬碎緊跟在後的影人。

然後紅光閃耀。

張意對著暴竄而來的莫小非使出了一記姿勢標準的拔刀橫斬。

莫小非噫呀一聲，只見到自己膝蓋以下，連同腳下那堆疊成數公尺高的影人踏座，在張意那一斬之下，全部一分爲二。

她頭下腿上地望著張意，以及張意手中那斷手手背上盈亮藍眼及七魂刀，終於意識到四指成員口耳相傳的奪命死神，依舊直挺挺地站在她前方，與她爲敵；而那柄斬落無數四指成員腦袋的七魂刀，此時閃耀著傳說中死神女人的鮮血銳光，彷如能夠斬裂天地般。

她倒吸了一口涼氣，即便是在華西夜市被硯先生戲耍的時候，她都沒有如此害怕。

她這輩子都沒有這麼害怕過。

不論是在加入四指之前，在酒店裡被黑道客人欺負時、在被警察搜出身上藏的禁藥時、在被嗑藥發瘋的男友毆打得幾乎要死掉時；或是在被安迪收留之後，踏入了日落圈子、加入了四指，開啓了前所未見的殘忍和黑暗的大門時——

她都沒有這麼害怕過。

她發出了驚恐的尖叫，底下的影人大隊接住了她的身子和斷腿，圍繞、簇擁著她快速向後飛退。

「張意，準備好了嗎？」伊恩的聲音再一次響起。「借我你的力量；也借你我的力量。」

「什……什麼？」張意還沒會意，便感到身子自己轉動起來，在他背後，是擋在忠孝橋尾端那道巨大的黑夢的門。

這道巨大的鐵門，可比當時他和伊恩相遇時推開逃出的那鐵柵欄，巨大了無數倍。

「睜大眼睛看仔細，也讓他們看個仔細。」伊恩斷手發出了和往常一樣的笑聲。「讓安迪知道，接下來要面對的敵手，究竟是什麼模樣。」

「安迪、黑摩組，你們給我聽好——」摩魔火攀在張意腦袋上，後背還插著大鐔銀針；他鼓足了全力，用巴掌大的小小的身體，發出了巨大的怒吼。

「晝之光沒有輸，伊恩老大依舊帶領著我們！不管你們再凶再惡，我們永遠都會擋在你們面前，一步也不退讓！」摩魔火朝空中噴出一團巨大的火球。

「我們一步也不退讓——」

「說得好。」伊恩斷手眨了眨藍眼睛。

張意面對著黑夢巨門，他的身子在摩魔火和雪姑蛛絲的操縱下，擺出了一個最舒適、最標準的揮刀姿勢。

然後對著數公尺外那道高聳巨門，直直一斬。

耀眼的紅光隨著七魂刀的劈斬，拉開擴散出一大片紅——一片從正面看是一條線，從側面看一面牆的巨大紅幕。

那片紅裂開了忠孝橋橋面，斬進巨大的腐繡鐵門；紅光止息，門上出現一道巨大的豎直裂縫，裂縫裡吹出黑夢核心地帶外的乾淨風息。

然後又一片紅、再一片紅，一片片紅此起彼落地穿透那數十公尺寬闊、十數公尺高的巨門，巨門中央處嘩啦啦地崩落大量碎塊。

「老大！安迪還被那大狐魔硯先生絆著不能行動，咱們趕快回頭，要他老命——」摩魔火見這幾記斬擊威力巨大無匹，可興奮地大吼起來，操縱著張意轉身。

「不……現在我的力量，只能曇花一現。」伊恩斷手上的藍眼睛逐漸黯淡，變成了琥珀色，發出苦笑聲，然後漸漸闔上。「現在還不是……最好的機會……」

伊恩斷手在全部力氣耗盡前，操使著張意雙手，將七魂入鞘，待伊恩鬆開了刀柄又握回刀鞘之後，雪姑才解去纏著張意雙手的蛛絲。

「老大、老大，你怎麼了——」摩魔火訝然地喊了幾聲，不解地望著再無動靜的七魂。

「父親的手受損嚴重，一次能夠使用的力量極爲有限。」神官轉述長門的話：「父親將門斬開，是要幫助我們離開這裡。」

「其他人呢？」張意東張西望，就是沒見到夏又離和孫大海。

他們自然希望將所有人都帶出，但見到退到百公尺外的莫小非，儘管被斬去了雙手雙腿，但仍被大量影人簇擁包圍著，正虎視眈眈地望著這頭。

張意見到那些影人捧著她的手和腳往她身上斷處湊去，儘管他知道正常人絕不可能那麼容易將被斬斷了的手腳這般接回，但他也明白——黑摩組裡沒有正常人。

他們奔出那被七魂斬出了一個大洞的巨門，進入三重市區。

街道上的人群和其他黑夢淺層地帶的人一樣，對身邊任何奇景都沒有特殊反應，機械式地重複著每日工作；長門操使著銀流，捲著前方各種可以固定施力的東西，拖著兩人飛快遠離剛才那慘烈戰場。

數十分鐘後，他們停在一處不起眼的機車行前。

幾輛機車歪斜地停在店門前，店裡店外都是黑濁濁的機油污漬，堆滿各式各樣的修車五金和零件，櫃檯邊一個虎背熊腰的大漢，正抓著張報紙，睨眼望著站在店外往裡頭瞧的張意和長門——

這地方是他們剛踏上忠孝橋時，撥通電話連絡上的晝之光位在三重的臨時據點。

日落後長篇04　完

After Sun Goes Down

日落後

下集預告

張意、長門終於抵達晝之光據點，卻不被晝之光成員承認張意擁有伊恩繼任者的地位，晝之光面臨分裂危機；在穆婆婆的指導下，青蘋指揮神草的技術進步飛快，但也更不願捨棄穆婆婆獨自離去。敵人接二連三進犯，穆婆婆兵來將擋、水來土掩……

日落後 / 星子著. -- 初版. -- 臺北市 : 蓋亞文化, 2015.08-
冊 ; 公分. --（悅讀館）

ISBN 978-986-319-173-5(第4冊 : 平裝)

857.7 104000443

悅讀館 RE298

日落後 長篇 04

作者／星子（teensy）
插畫／BARZ
封面設計／克里斯
出版／蓋亞文化有限公司
地址◎台北市103赤峰街41巷7號1樓
電話◎（02）25585438　傳眞◎（02）25585439
網址◎http://gaeabooks.pixnet.net/blog
粉絲團◎https://www.facebook.com/Gaeabooks
電子信箱◎gaea@gaeabooks.com.tw
投稿信箱◎editor@gaeabooks.com.tw
郵撥帳號◎19769541　戶名：蓋亞文化有限公司
法律顧問／義正國際法律事務所
總經銷／聯合發行股份有限公司
地址◎新北市新店區寶橋路二三五巷六弄六號二樓
電話◎（02）29178022　傳眞◎（02）29156275
港澳地區／一代匯集
電話◎（852）27838102　傳眞◎（852）23960050
地址◎九龍旺角塘尾道64號龍駒企業大廈10樓B&D室
初版一刷／2015年08月
特價／新台幣 199 元
Printed in Taiwan

GAEA ISBN／978-986-319-173-5

GAEA

GAEA